Olivier Rolin

Port Sudan

Roman

Aus dem Französischen
von Holger Fock und Sabine Müller

liebeskind

Die Originalausgabe erschien 1994 unter dem Titel
»Port-Soudan« bei Éditions du Seuil, Paris.

Umschlagmotiv: Keystone-France / Getty Images
Typografie und Satz: Frese Werkstatt, München
Umschlaggestaltung und Herstellung: Robert Gigler, München
Druck und Bindung: Friedrich Pustet, Regensburg

ISBN 978-3-95438-135-7

Für Maline

»Port Sudan ist der einzige Hafen im Sudan, in den große Schiffe mit einer Länge von bis zu 277 m und einem Tiefgang von 11,3 m bei Tankern und 10,5 m bei anderen Schiffen einlaufen können. (...) Von Juli bis September können aus Südost bis West heftige und unvorhersehbare Winde wehen, die bis zu Stärke 8 auf der Beaufort-Skala erreichen. Südwestliche Böen, »Haboobs« genannt, führen Sand und Staub mit sich; die Sichtweite beträgt dann weniger als 100 m und die Temperaturen steigen auf bis zu 52°C. Während dieser Zeit müssen Schiffe, die nicht am Pier liegen, in der Reede an einer Boje festmachen, anstatt vor Anker zu gehen.«

Handbuch für die Seefahrt, Westküste des Roten Meers.
Von JAZA'IR nach RAS KASAR.

I

Von A.s Tod habe ich in Port Sudan erfahren. Die Unzuverlässigkeit der Post in diesen Ländern bewirkte, dass mich die Nachricht vom Ableben meines Freundes erst lange Zeit nach seinem Tod erreichte. Ein zerlumpter, von Lepra entstellter Beamter, der einen großen schwarzen Revolver in einem Halfter trug, das mit einem Peitschenriemen aus geflochtenem Büffelleder an seinem Gürtel befestigt war, übergab mir gegen Ende des Tages den Brief. Auf seinem lippenlosen Gesicht mit Ohren wie ein Hahnenkamm lag ein ewiges Grinsen. Als wäre sein Körper eine hämische Fratze aus einem geschnitzten Totentanz. Wie bei fast allen, die in der Stadt überlebten, waren Erpressung und Mord seine Hauptbeschäftigungen. Ich weiß nicht, wie er an das Kuvert kam. Vielleicht hatte er es dem Tod selbst gestohlen.

Ich zittere beim Schreiben dieser Zeilen. Auf dem schlechten Papier des Notizhefts, das ich in Khartum gekauft habe, als mich eine Bande von Polizisten vorgeladen hatte, um mich endlos zu schikanieren und zu bedrohen, entgleitet mir die Kontrolle über die Buchstaben, meine Hand schlingert im Zickzack zwischen den Schreiblinien. Der Schweiß, der von meiner Stirn tropft, besprenkelt das Papier mit glasigen Flecken, in denen sich die Tinte sternförmig ausbreitet und wie ein freigelegter Nerv verzweigt, um dann zarte bläuliche Wolken zu bilden. Werde ich meinen Bericht noch einmal lesen können? Ich weiß es nicht. Ich schreibe diese Zeilen, um irgendwie zu überleben. Ich nehme an, es gibt keinen anderen Grund, um zu schreiben. Ich sage, ich schreibe das auf, doch ich weiß nichts darüber: Was weiß man schon?

Die Sonne war rot und zitterte, als sich meine Hand auf den großen, bebenden Körper von Afrika legte. Im leuchtenden Nebel verschwammen die Flachdächer von Port Sudan, Blechabdeckungen oder nackte Hohlsteinflächen, die mit Wassertanks gespickt waren. Mit diesen Türmchen, deren schwarze Silhouetten sich vor der ultravioletten Dämmerung abhoben, sah die Stadt am Ende des Tages aus wie eine von Wachtürmen umgebene Strafkolonie. Zu Tode gelangweilt trank ich auf meiner Veranda einen geschmuggelten hochprozentigen Anislikör, der von einem der wenigen griechischen Frachter stammte, die vor langer Zeit die sandigen Wellenbrecher des Hafens passiert hatten. Ich muss zugeben, dass dieser Brief, mit dem etwas in meinem Leben zu Ende ging, auf den ersten Blick eine willkommene Abwechslung war.

A. und ich hatten uns vor rund fünfundzwanzig Jahren kennengelernt. Damals teilten wir große, vage Hoffnungen. In ihnen mischte sich die Vorstellung von einer Veränderung der Welt mit der Erwartung eines abenteuerlichen Lebens. Ich werde diese Zeit niemals gering schätzen noch mich denen anschließen, die darüber lachen. Neben vielen ernsten oder heiklen Dingen, die wir in der Folge kennenlernten, kannten wir damals keine Angst, Eifersucht oder Feigheit. Wir glaubten weder an Gott noch den Teufel und die lächerlichen, bürgerlichen Avatare, die er später hatte. Wir waren extrem wagemutig und liebevoll. Das genügte schon, um unsere Jugend nicht zu beleidigen. Dann mussten wir das Ganze beenden. Die Trägheit der Welt behielt die Oberhand, unsere jugendlichen Kräfte erschöpften sich schon an ihr, und wie zu anderen Zeiten verkam der Zauber des Neuanfangs zu Politik, die Zuschauer applaudierten dem nicht mehr zu übersehenden Ausgang des Kampfs. Ich glaube, das letzte Mal, dass ich A. gesehen habe, war an einem Herbsttag. Wir hatten in einer Kneipe am Bahnhof Pont-Cardinet ein Bier getrunken – solange man jung ist, trinkt man Bier. Der Wind wehte die verwelkten Blätter wie blutige Hände in dunkle Pfützen. Möglicherweise haben wir geweint. Später wählte er die Literatur, ich die Schifffahrt. Ich vermute, uns beiden schienen diese nebensächlichen und gewagten Aktivitäten nicht ganz den großen Traum zu verraten, der uns so lange beschäftigt hatte. Wir hatten recht. Es waren schlechte Entscheidungen, Berufe ohne Zukunft. Wir sollten nicht wieder auf die Beine kommen.

Nachdem ich jahrelang verrottendes Frachtgut entlang der Küste Afrikas transportiert hatte, musste ich aufgrund eines gesundheitlichen Rückschlags das Meer gegen das Land eintauschen. Ich strandete in Port Sudan, wo ich durch eine Reihe von Zufällen zunächst das Amt des *harbour master* ausübte. Als der Hafen beim allgemeinen Schiffbruch des Landes sozusagen mit untergegangen war, vereinigte ich diese nunmehr symbolische Funktion – sie wurde mir übrigens von Banden pittoresker Mörder streitig gemacht, die schnell mal ein Schiff plünderten, wenn der Zufall oder eine Unachtsamkeit es in die Fahrrinne gesteuert hatte – mit der kaum beanspruchenderen Tätigkeit eines Honorarkonsuls der madagassischen Republik. Meine mageren Einkünfte stammten nicht von den Steuern, die ich nicht mehr erhob, und auch nicht von dem Gehalt, das natürlich in einer fast an ein Märchen erinnernden Vergangenheit verschwunden war, sondern aus den verschiedenen kleinen Geschäften, die die Schutzgelderpresser mit ihrer Gier meinem bescheidenen Schwarzhandel gelassen hatten: ein wenig Alkohol in einem Land, in dem er verboten war, ein paar ausgehungerte Kreaturen mit mahagonibraunen Augen, purpurvioletter und straffer Haut, die ich auf Ölkähne verlud und an der vom Kai abgelegenen Seite auf die Schiffe bringen ließ, damit kein blutrünstiger

Tartuffe den Zirkus entdeckte, ein paar Kathblätter. Insgesamt nicht viel, aber für mich reichte es. Das vegetative Dasein, auf das sich mein Leben allmählich beschränkte, hatte mich längst von den Nöten bestimmter Bedürfnisse erlöst. Ich wurde geduldet. Ein anderer wäre vielleicht versucht gewesen, mehr zu verlangen.

Obwohl ich immer viel gelesen habe, verstand ich nie viel von Literatur. Das dachte ich zumindest. A.s Bücher, von denen ich einige besaß, erschienen mir schwierig und überspannt. Sie erinnerten mich, ich kann nicht genau sagen, warum, an einen stürmischen Himmel, den man wie einen großen, schattigen Wald am Horizont heraufziehen sieht, wenn die Monsunwinde sich drehen, und der von purpurroten und blauen Blitzen kupferbraun schimmert. Ich glaubte in seinen Büchern den Abscheu und die Traurigkeit zu lesen, die das Leben in der Gesellschaft letztlich immer in uns geweckt hatten, eine gewisse Unfähigkeit, sich an ihre stumpfsinnigen Rituale zu gewöhnen, auch die Sehnsucht nach einer Zeit, die in eine große Zukunft münden würde. Und manchmal dachte ich, während unter einem Sonnenstrahl, der wie die Flamme eines Schweißbrenners aus den Überbleibseln der Nacht emporloderte, die Instrumente aufleuchteten und der Wachmann blinzeln musste, dies würde uns weiterhin über alle Entfernungen auf geheimnisvolle Weise verbinden, weil wir nicht für alles zur Verfügung standen, und dass wir auch im reifen Alter, trotz allem und entgegen allem Anschein, unsere Jugend nicht gänzlich verleugnet hatten. Ich weiß nicht, ob ich das richtig gelesen habe, ob er gewollt hätte, dass ich seine Bücher so verstand. Ich glaubte nicht, dass Bücher, seine ebenso wie Bücher im Allgemeinen, etwas viel Größeres beinhalten können als diese beunruhigende Verweigerung.

Die Verfasserin des Briefes schrieb, sie habe als Haushaltshilfe einige Stunden pro Woche in A.s Haus gearbeitet. Sie hatte meine Adresse unter verstreuten Papieren auf einem Umschlag gefunden. Da das Kuvert offen war, hielt sie sich für befugt, Kenntnis von seinem Inhalt zu nehmen. Es enthielt aber nur ein leeres Blatt Papier, das mit den Worten »Lieber Freund« begann und endete. Diese abgebrochene Nachricht war auf den vorletzten Tag von A.s Leben datiert. Was die Lakonik dem Brief an Wichtigkeit genommen hatte, gaben ihm die Umstände, unter denen er geplant und dann verworfen worden war, in gewisser Weise zurück. Ihr Freund verstarb an einem Montag, schrieb meine Korrespondentin. Sie sagte nicht, er sei »gestorben«, sondern »verstorben«, wie das gemeine Volk und die Bestatter. Sie schrieb das Wort nicht aus, sondern benutzte die im Französischen geläufige Abkürzung »d.c.d.« für das Wort »décédé«, wie man sie auf manchen Dorffriedhöfen sehen kann. Seit einer Weile schon sei es ihm nicht mehr gut gegangen, fügte sie hinzu. Ihre Fürsorge erschien mir edel und rührend. Ich spürte, dass sie zumindest Sympathie für A. gehabt haben musste. Sie teilte mir ihre Adresse in Paris mit, Rue de la Grange-aux-Belles. Ich beschloss, nach Frankreich zurückzukehren und zu versuchen, die Botschaft, die für immer verloren war, zu rekonstruieren. Meine lethargische Unterbeschäftigung im Alltag ließ mir die Muße dazu, außerdem fühlte ich mich zu dieser Art Freundschaftsdienst verpflichtet. Zufällig verließ gerade ein Schiff Port Sudan Richtung Alexandria, Tripolis und Marseille, ich packte also meine Reisetasche und ging an Bord.

2

Ich hatte schon einige Jahre verlernt, wie der Winter ist. Der strahlend weiße Himmel war überwältigend, unter dem Deckel der geschlossenen Wolkendecke dampfte das Meer, manchmal wehte der Wind knirschenden Sand aus der Nubischen Wüste heran, und seine Wirbel über der Stadt ließen die Haut so ledrig werden wie die von Mumien: All das waren meine Lufterscheinungen. Ich sah aus dem Fenster des Zuges, der das Rhônetal hinauffuhr, und beobachtete die traurige Kulisse der Kälte, wie man einem Theaterstück beiwohnt. Zwischen den Furchen der dunklen Erde leuchteten Pfützen wie Münzen im letzten Tageslicht. Durchweichte, von Tieren zertrampelte Wege verloren sich in einer lila und braun schraffierten Ferne. Am Himmel darüber zerrissen graue Wogen, in denen Kolkraben flogen. Anderswo sah man Häuser mit Wasserflecken an den Wänden, Neonlichter flackerten hinter beschlagenen Fensterscheiben, die Parkplätze schäumten unter orangefarbenen Lichtern. Der Schneeregen ließ die anthrazitgrauen Bürgersteige wie geschliffen glänzen, rund um die Straßenlaternen zerplatzten die Tropfen in Perlenspritzer.

Die Haushaltshilfe war eine Person mit einem verbrauchten Gesicht, das weich wie eine alte Seife war. Sie sprach langsam, langatmig, suchte nach Worten, nicht weil sie Schwierigkeiten hatte, sich auszudrücken, sondern um der Genauigkeit willen, wie mir schien. Zu ihrer Zerstreuung hatte sie ein Fernsehgerät und eine Katze. Als ich eintraf, schaltete sie das eine aus und scheuchte die andere ins Treppenhaus: eine Höflichkeit, für die ich ihr dankbar war. Sie schien über die Ankunft eines Fremden aus Port Sudan nicht mehr überrascht zu sein als über den Besuch eines Nachbarn aus dem Treppenhaus. Sie erkundigte sich eher aus Höflichkeit als aus echtem Interesse nach den Annehmlichkeiten und Kuriositäten des Weltteils, in dem ich lebte. Als ich antwortete, dass es eigentlich keine gebe, beharrte sie nicht weiter darauf. Das wundere sie nicht, bemerkte sie sonderbarerweise. Sie schenkte mir ein Glas Wein ein und begann, ohne dass ich sie gefragt hätte, zu erzählen. Anscheinend hatte sie schon lange darauf gewartet, mir dieses verbale Vermächtnis zukommen zu lassen.

Die Haushaltshilfe hatte nur wegen ihrer Kleidung und ihrer Sachen von ihr gewusst. Ihren Namen, ihr Gesicht, ihr Alter kannte sie nicht. Sie konnte allenfalls aus gewissen Anhaltspunkten schließen, dass sie eine sehr junge Frau sein musste. Unter dem Bücherregal waren zum Beispiel viele weiße Tennisschuhe aufgereiht: Eine nicht mehr ganz junge Frau hätte diese ihrer Meinung nach nicht getragen. Sie stellte sich vor, wie die junge Frau den Bürgersteig entlangging und darauf achtete, nicht in die Fugen zwischen den Steinplatten zu treten. Leichtfüßig, ein wenig verträumt und ganz in Anspruch genommen von diesem kindlichen Spiel. Oder wie sie im Sommer am Strand über den weichen und festen Sand lief, dort, wo die Ebbe kleine erstarrte Wellenabdrücke hinterlassen hatte, wie sie mit wehenden Haaren über die glitzernden Bäche sprang, die das Wasser beim Zurückweichen gelassen hatte, und dabei aufpasste, dass sie nicht nass wurde. Dann hielt sie plötzlich inne, die Hände auf dem Rücken, die Augen auf den Boden gerichtet, und vertiefte sich in die Suche nach jenen hellen Perlmuttschuppen, die in der Abendsonne schillerten, jenen kleinen zitronengelben oder apricotfarbenen Schnecken, an deren Bruchstelle sich eine perfekte Spirale zeigt wie die Wendeltreppe eines Turms, in dem Feen wohnen. Oder sie sah, wie die Unbekannte mit einem Fuß auf Zehenspitzen stand, das andere Bein schräg ausstreckte, sich schnell um sich selbst drehte und mit dem anderen Fuß vergnügt Kreise in den Sand zeichnete. Ihr Rock, damals weit und schwarz-weiß kariert, wehte ihr um die Hüften. All das müsse sich zugetragen haben, versicherte mir die Haushaltshilfe, als die tief stehende Sonne die Schatten unendlich dehnte und unter einem Baldachin aus purpurroten Wolken fast den Horizont berührte. Vielleicht galoppierten Pferde den schmalen Streifen unter den Klippen entlang: Dann hätte man das Trommeln ihrer

Hufe gehört, unter denen Gischtfontänen aufspritzten, das Schnauben ihrer Nüstern und das langsame Züngeln der Flut, die Rufe der Reiter, die auf die dunkle Linie der Klippen zugehalten hätten. In diesen Momenten (sollte es sie wirklich gegeben haben) müsse A. vollkommen glücklich gewesen sein, meinte die Haushaltshilfe. Danach wären die beiden Hand in Hand zum Abendessen in ein Hotel gegangen, in dessen Speisesaal das letzte Feuer des Sonnenuntergangs hinter den Inseln die Tischdecken rosa färbte.

In Port Sudan folgte die Dämmerung einem unabänderlichen Ritual. Für einen kurzen Moment flammten die Dächer, die lichten Baumkronen, die Palmwedel auf wie von der aufgestauten Hitze des Tages zum Glühen gebracht, und in den Flammen tanzten die grellsten Oxid- und Sulfidfarben. Dieser Paroxysmus schien die Aasgeier rasend zu machen, die sich, nachdem sie geduldig gekreist waren, plötzlich herabstürzten, durcheinanderflogen und zusammenstießen. Scharen von Vögeln zogen über den Himmel, Wirbel aus blutigen Federn legten sich langsam wie ein Rußschleier über die Stadt. Mit ähnlichem Furor gingen die von Krätze überzogenen Hyänenhunde aufeinander los, die das Ufer entlangirrten auf der Suche nach Fischabfällen – und manchmal nach den auseinandergezogen auf den Steinen liegenden, stinkenden Gedärmen eines Ertrunkenen. Man konnte beobachten, wie sie ihre Reißzähne in die Kehle, die Lenden eines Gegners schlugen und erst von ihm abließen, wenn er tot oder reglos dalag: die Augen weiß, verdreht. Und sie verschlangen ihn sogleich. Mit einem Mal brach die Nacht herein wie eine riesige Welle, die von der arabischen Küste herüberbrandete, und plötzlich glitt alles in das Reich der Dunkelheit, in dem die Glutherde die Flügelschläge rot färbten und sich um die Petroleumlampen weiße, aus unzähligen Moskitos bestehende Halos bildeten.

Schwarz und Weiß waren ihre Farben. Weiße Turnschuhe, schwarze Stiefel, schwarze Jeans und Jacken, weiße Blusen und T-Shirts: keine andere Kleidung. Doch, der karierte Rock. Sie war eine Frau in Halbtrauer. Nach Meinung der Haushaltshilfe muss sie einen blassen Teint gehabt und sich kaum geschminkt haben. Dies deute auf einen zurückhaltenden und ernsten Charakter hin, der eher zu Träumereien neigte als zu Gesprächen. Sie stellte sich vor, dass die junge Frau tief in sich versunken war, vertäut an einem geheimen Knoten, der so kompliziert war, dass sie ihn nicht hätte beschreiben, geschweige denn lösen können. Wie eine Art Anker steckte sie in irgendeinem inneren Schlick fest und wurde schmerzvoll in sich zurückgehalten (sie sagte es natürlich nicht mit genau diesen Worten: Ihre spanische Herkunft ließ sie das schöne Wort *ensimismada* verwenden, eine Adjektivierung von »in sich selbst sein«). Für sie war die junge Frau eine wächserne, schweigsame, scheue Abgöttin, gefangen in Ängsten, die sie nicht hätte benennen können, mit denen umzugehen und als einen völlig unzweifelhaften Teil ihrer selbst zu kultivieren sie vielleicht sogar gelernt hatte. Aber möglicherweise irre sie sich auch und die junge Frau war eine oberflächliche und grausame kleine Pute. Auch das könne sein.

Jedenfalls hatte A. an dem Tag, an dem er ihrem Blick begegnet war, den Tod in ihren Augen gesehen. Und vielleicht hatte er es gewusst und eine paradoxe Freude darüber empfunden: die Freude, die zu anderen Zeiten ein Husar empfand, der auf die klare Front feindlicher Säbel zustürmte, oder ein Mann, der frühmorgens, wenn die Landschaft sich aufhellte, mit zwei Pistolen in einer Umhängetasche sein Haus verließ und durch Nebelschwaden einem Duell entgegenging, bei dem er riskierte, auf einer Bahre liegend zurückgetragen zu werden, das Gesicht unter einem Schoß seines Mantels verborgen. Es war zweifellos ein schöner Tod, Monsieur, sagte sie. Zumindest hoffe ich das für ihn. Und nach einem kleinen Seufzer: Ich glaube, dass er es verdient hat – nur dass mir nicht klar wurde, ob das, was er verdient hatte, das gute Ende oder diese Frau war, oder ob beide im Kopf der Haushaltshilfe zusammenfielen, wie sie vielleicht in seinem Leben zusammengefallen waren.

Erstaunlich war zudem, man hat es auf den ersten Blick nicht bemerkt und einem Fremden im Haus wäre es wahrscheinlich nicht aufgefallen, dass ihre Sachen jederzeit zur Abreise bereitzustehen schienen oder so zusammengelegt waren, als wäre sie gerade von einer Reise zurückgekehrt. Es gab fast keine Schublade, die eingeräumt war, und obwohl einige leer waren und ihr zur Verfügung gestanden hätten, lagen ihre Kleider gefaltet auf einem Tisch oder hingen hier und da auf Bügeln, meist an den Fächern des Bücherregals, unter dem auch ihre Tennisschuhe und Stiefel standen. Abgesehen von den Flaschen, Tiegeln und Tuben für ihre Kosmetika, die, wenn auch in geringer Anzahl, im Schränkchen des Badezimmers standen, gab es kaum etwas, das ihr selbst zu gehören schien. Es war, als wäre sie bei ihrem Umzug in A.s Haus einem Impuls gefolgt, den sie sich sofort zum Vorwurf gemacht und ständig infrage gestellt hätte. Anstatt in der Wohnung zu wohnen, geschweige denn zu leben, schien sie dort ein provisorisches Lager aufgeschlagen zu haben – wie eine Nomadin an einer Wasserstelle, die man, sobald sie versiegt, verlassen wird, ohne je zurückzukehren.

Und dieses Provisorium war nach Meinung der Haushaltshilfe nicht das Zeichen einer launischen Unstetigkeit, einer fröhlichen Aufbruchsstimmung. Im Gegenteil, sie habe sich häufig gewundert, wenn A. verreist war – das Verschwinden eines Koffers, von Kleidungsstücken, Toilettenartikeln usw. bewiesen es –, während die Habseligkeiten der jungen Frau in der verlassenen Wohnung verblieben waren, doch immer in derselben Zurückhaltung, Distanz, als misstrauten sie ihrer Umgebung. Ich erfuhr, dass A. oft wegging, vor allem um zu schreiben. Und dann schien es mehr denn je, als würde die Frau ängstlich und respektvoll die Bleibe eines Toten bewohnen: Sie fasste nichts an, nahm den leer gebliebenen Platz nicht ein, als wäre alles mit Hussen überzogen, wie man sie auf Möbeln in jenen Häusern sieht, die das Leben dem Staub überlassen hat. Ja, sagte die Haushaltshilfe, es war, als ob A. ein Toter für sie gewesen wäre, ein schrecklicher, überwältigender Toter, oder ein Toter, den sie schätzte, denn sonst wäre sie nicht an seiner Seite geblieben: jedenfalls ein Wesen jenseits ihrer selbst (es könne ja sein, dass in der seltsamen Verbindung, die sie vereinte, sie die Tote war und er der Lebendige. Und dann hätte sie dort gelebt wie ein Gespenst, das für einen Augenblick durch die Liebe wiederbelebt wird und beim ersten Hahnenschrei wieder verschwindet). Es war ihrer Meinung nach ein regelrechter Wahn, der sich in dieser Neigung zeigte, starr an einer endgültigen Abreise festzuhalten, für die jede ihrer Habseligkeiten wie ein Zeichen war. Aber sie könne sich ebenso gut irren, vielleicht war die junge Frau nur eine Kleinbürgerin gewesen, die sich in A. verknallt hatte, obwohl sie genau wusste, dass sie niemals sein Leben teilen würde, dass es nur eine flüchtige Liebschaft, eine Erfahrung sein würde, dass sie etwas Beständigeres finden musste, um ihre Kinder großzuziehen, einen Typen von der Sorte

Schlafsofa. Ein Künstler hingegen, was glauben Sie! Da wisse man nie, woran man sei. Und würde es auch nie wissen.

3

Die Schiffe, die Port Sudan anliefen – es wurden, wie schon gesagt, immer weniger –, manövrierten auf folgende Weise: Sie hielten Kurs auf 234°, bis sie im Nordwesten den südlichen Leuchtturm am Wingate Riff ausmachten, dann drehten sie mit auslaufender Fahrgeschwindigkeit nach Westen bei. Früher, vor meiner Zeit, zu Zeiten des Königreichs und sogar noch in den Tagen, in denen ich tatsächlich meine Pflichten als *harbour master* erfüllte, wurde seitlich am Rumpf der Schiffe eine Leiter ausgerollt, und ein Lotse, der ihnen in der Nussschale einer kleinen Dhau entgegenkam, ging an Bord, um die Manöver für die letzte Phase der Hafeneinfahrt und des Anlegens zu leiten. Ehrlich gesagt, kam es nicht selten vor, dass er mehr als halb voll war mit Brandy oder Kath und ihn der Kapitän des Schiffs, nachdem er ihn in einem blumigen, den Geschichten aus *Tausendundeiner Nacht* entlehnten Stil überschwänglich begrüßt und ihm Respekt bezeugt hatte, mit einem guten Glas Whisky in eine Kabine einsperrte, während man die Maschinen zum langsamen Einlaufen wieder in Gang setzte. Die Hafenbeamten störten sich nicht im Geringsten daran, dass ihre Autorität auf diese Weise missachtet wurde, vor allem dann nicht, wenn zum Schnaps noch ein paar Dollar hinzukamen. In Port Sudan liefen nicht mehr Schiffe auf Grund als anderswo, und so waren alle zufrieden. Diese Zeiten waren seit Langem vorbei (sie als gesegnet zu bezeichnen, wäre dennoch eine harsche Übertreibung). Fortan ankerten die Schiffe innerhalb des Korallenriffs, ein wenig hinter der Linie, wo die Farbe des Meeres umschlug, das Amethyst sich in die Farbe eines alten Bananenblatts verwandelte und einen starken Anstieg des Meeresgrunds anzeigte. Anstelle einer Leiter wurde jetzt ein Fallreep an der Bordwand herabgelassen.

Es war nicht so, dass die Lotsen nicht mehr rührig gewesen wären (obwohl vielen ein Arm oder ein Bein fehlte, aber das hinderte sie nicht daran, gelegentlich aktiv zu werden). Nur ließen sie sich gern in Naturalien bezahlen, also in Form von jungen Mädchen, die man in Ceylon, auf den Philippinen, in Kalimantan und an anderen Orten geraubt oder billig gekauft und mit eisernen Fußfesseln in den Laderaum geworfen hatte und die, nachdem sie während der Überfahrt zur Zerstreuung der Matrosen herhielten, den düsteren »Behörden«, die die Stadt regelmäßig schröpften, als – kurz gesagt – Hafenzoll übergeben wurden. Sie wurden vom Boot auf eine Dhau umgeladen und in Jutesäcke mit der Aufschrift »*paddy*« oder »*coffee*« gepackt, die ihre neuen Herren nur selten öffneten: In dieser Hinsicht achteten sie weniger auf die Qualität der Ware als die einstigen Sklavenhändler, von denen persische Märchen erzählen, sie hätten ihre gesamten Brokatstoffe, Perlenfässer und all ihre tauschierten Goldschmiedearbeiten zu Geld gemacht, um sich den Besitz eines Gazellenauges oder eines funkelnden Perlmuttzahns in einem terrakottabraunen Gesichtsoval zu sichern. Diese unglücklichen Frauen waren nicht nur zu sexueller Versklavung verdammt, sondern viel allgemeiner zu einem gänzlich unmenschlichen Leben. Leprakopf, der höllische Postbote, der mir den Brief mit der Nachricht von A.s Tod überbracht hatte, gehörte auch zu diesen Schurken.

Ich war natürlich auf dem Laufenden über diesen Handel. Die extreme Lethargie, die mich befallen hatte, der Skeptizismus, der mich mehr quälte als die Malaria, hinderte mich nicht daran, die Sache verwerflich zu finden. Ich habe, wie ich schon erzählte, selbst ein wenig Zuhälterei betrieben, aber es beschränkte sich auf eine sehr traditionelle Vermittlung: Die Mädchen kamen freiwillig an Bord, sollte das Wort überhaupt eine Bedeutung haben, und so gingen sie auch wieder, ich handelte nicht mit menschlichem Vieh. Ich hatte es daher für klug gehalten, einen jungen Arzt, den sein Einsatz für irgendeine humanitäre Sache, dachte ich zumindest, für eine Zeit lang an diesen trostlosen Küstenstrich verschlagen hatte, über diese Praktiken zu informieren, dann einen hohen Funktionär einer internationalen Organisation, der durch den ärgerlichen Ausfall eines der Triebwerke seines Jets in derselben Lage war. Der tadellose junge Arzt – in Kaki-Kleidung, wie es sich für einen Abenteurer gehörte, der sich durch den Busch schlug – für einen solchen hielt er sich nämlich –, war von einem naiven Stolz erfüllt, denn er dachte fortwährend daran, dass er ein Geschwader von Allradfahrzeugen und sogar ein kleines einmotoriges Flugzeug befehligte, mit dem er über Funk kommunizierte. Diese Genugtuung, die sein Gesicht erstrahlen ließ, hatte nicht nur etwas absolut Lächerliches. Sie verlangte ihm unter bestimmten Umständen auch ein unerwartet mutiges Handeln ab, das irgendwie zu seinem Arsenal gehörte wie der Zweitagebart, die weiße Chèche um den Hals und die solarisierte Brille und das sich ein, sagen wir mal, Gastroenterologe in Troyes in seinen kühnsten Träumen nicht hätte vorstellen können.

Mein Anliegen war ihm allerdings lästig: Es passte nicht zu seinen Kampagnenplänen, die so strikt festgezurrt schienen wie der Produktionsplan eines sowjetischen Kombinats. Die öffentliche Meinung, so belehrte er mich, sei Herrscherin über alle Dinge. Man handle erst, wenn sie ihren Willen zwar unartikuliert, aber nachdrücklich zum Ausdruck bringe, wie Babys, die durch wiederholtes Quäken mitteilen, dass sie aufs Töpfchen müssen. Man musste also zuerst die öffentliche Meinung sensibilisieren. Ich wies ihn darauf hin, dass dies vor Ort, in der Situation, in der ich mich befand, meine Möglichkeiten übersteige. Er war so freundlich, mir die Telefonnummer des AFP-Korrespondenten in Kairo zu geben, den ich freilich schon lange kannte, und dabei beließen wir es. Was den hochrangigen internationalen Funktionär betraf, den mein Ruf als Gelegenheitszuhälter zu mir geführt hatte, war es noch schlimmer: Er gab mir kurz und bündig zu verstehen, dass die Behörden eines souveränen Landes, was auch immer man sonst von ihnen halten mochte, souverän handelten, dass meine Anschuldigungen für ein feines Näschen wie das seine doch ein wenig nach Neokolonialismus riechen würden und dass in meiner Position in dieser Hinsicht doch etwas mehr Zurückhaltung angebracht sei. Ich beschränkte mich darauf, ihm keine Mädchen zu schicken, gab ihm den Rat, sich einen oder zwei Jutesäcke bringen zu lassen, oder auch drei, wenn er den Mumm dazu hätte, und schließlich trennten wir uns im Streit.

Die öffentliche Meinung … Schon der Klang des Wortes weckte unangenehme Assoziationen von lauwarmem Wasser, Zwiebelgeruch, gut situierten Eigenheimbesitzern … von etwas Fadem und Spießigem. Als ich Frankreich vor etwa zwanzig Jahren verlassen hatte, hatte man keine »Meinung«, man fällte ein Urteil. Oft waren die Urteile hart, aber sie waren, wie mir scheint, mit Verstand gefällt, und häufig war auch das Herz beteiligt. Um dies zu wollen und anderes abzulehnen, berief man sich auf eine Philosophie, und gab es die nicht, auf eine Tradition, die wie ein verwittertes Abbild fortbestand. Man badete nicht in der Art von Mehrheits-Plazenta, die eine weiche Masse nährte, eine riesige Gelatine intellektueller Föten. Wir schöpften Kraft und Stolz daraus, in der Minderheit zu sein, hinter den Fahnen der großen Verdammten zu marschieren. Einsamkeit war keine Schande. Worte wie Kühnheit oder Mut schienen uns erhaben, wir übernahmen verwegen die Devise, nach der es weder Hoffnung braucht, um etwas zu unternehmen, noch Erfolg, um durchzuhalten. Das hat uns zwar nicht immer davor bewahrt, uns lächerlich zu machen, aber wenigstens vor dem Konformismus. Und ich spreche nicht nur von unserer Generation, der von A. und mir, ich meine auch die unserer Väter: Die Männer, die sie bewunderten, waren isoliert gewesen, ausgestoßen. Wie wir wissen, war es nicht die öffentliche Meinung, die die Ehre von Hauptmann Dreyfus wiederhergestellt hat, und ebenso wenig die Frankreichs im Jahr 1940. Deshalb gab es damals Politik, Kritik, Literatur: alles Dinge, die Kampf bedeuten. Stattdessen wurden jetzt meine durch das lange Exil naiv gewordenen Augen und Ohren nur noch von Plattitüden über Prozente und Management strapaziert – von Geschäften, der Wirtschaft, der Karriere, dem Text, den Gefühlen. Man suchte Antworten auf die dringlichsten, die staatsbürgerlichen Fragen – die Todesstrafe, das Überleben oder die Auslöschung eines Volkes – nicht mehr im Wettstreit der Ideen, nicht einmal der Nimbus der Beredtheit zählte mehr, sondern in den Schwankungen maschnell erstellter Sinuskurven. Ich erkannte in diesem Land, in dem man nun vorgab, die Probleme unter den Menschen durch Statistiken lösen zu können, die sich gegenseitig generierten, in dem Leben und Tod, Gut und Böse, Ehre und Schande in Marktanteilen berechnet wurden, die Nation nicht wieder, von der man in anderen Zeiten sagen konnte, sie sei groß gewesen, in der jedenfalls der Verstand nicht seine ganze Macht den Registrierkassen der Kaufleute übergeben hatte.

Dem Urteil wohnt ein Moment von dramatischer Entschlossenheit inne, und nichts hasst die öffentliche Meinung so sehr wie das Drama. Wonach sie in ihrer Frivolität hingegen geradezu lechzt, ist das Spiel. Von nun an spielte man mit allem, rastlos, frenetisch. Nicht nur beim Pferderennen, an der Börse, bei Sportwetten, bei den unzähligen Varianten von Glücksspielen und Lotterien, die bei einfachen Gemütern die Hoffnung auf plötzlichen Reichtum schüren, sondern auch mit der Simulation von Gefühlen, von Liebe, ja, sogar von Krieg. Kinder wurden epileptisch vom elektronischen Hokuspokus, Erwachsene zu wohlgenährten, großen kindlichen Sklaven, die vor ihrem Fernseher oder am Computer spielten. Dieses Affentheater fand seine Legitimation in dem Glauben, die Welt sei doch nur eine riesige Tombola, bei dem Glückspilze, Bluffer und Betrüger gewinnen. Soll ich es zugeben? Ich war sicherlich zum Afrikaner geworden, ohne dass ich es bemerkt hatte: Die offensichtlichen Grausamkeiten von Port Sudan schienen mir etwas von aufrechter Haltung zu haben verglichen mit den Machenschaften dieser gigantischen, weichen Maschine, die auf die Auslöschung des Denkens abzielte.

Ich wusste nicht, inwieweit der Überdruss und der Ekel, die von dieser unvermeidlichen Herabwürdigung des Gemeinsinns hervorgerufen wurden, bei A.s Entscheidung eine Rolle gespielt hatten. Aber ich konnte mir nicht vorstellen, dass ihm das gleichgültig war. Zudem vermutete ich, dass die Literatur von diesem allgemeinen Niedergang mitgerissen worden war und dass er darunter gelitten haben muss. Ich spürte allerdings auch – sonst hätte er sich sehr verändert –, dass sich sein Interesse nicht auf das Feld der Literatur beschränkt haben dürfte, dass beispielsweise das offenkundige Entgegenkommen, das sein Land dem einen oder anderen Tyrannen zeigte, dessen schnapstrunkene Soldateska das ganze Jahr über friedliche Städte mit Geschossen zertrümmern durfte oder dessen Schergen nach Frankreich kamen, um mitten in Paris exilierte Gegner zu ermorden, sich dahingehend ausgewirkt haben dürfte, dass sich das historische Gewebe kontinuierlich in ihm auflöste. Doch gerade das, was ich historisches Gewebe nenne, gibt einem das Gefühl, Teil einer Epoche zu sein, durch tausenderlei subtile Knoten des Verstands und der Erinnerung mit ihr verbunden zu sein, seine Kraft aus ihr zu schöpfen und in ihr zu entfalten oder, im Gegenteil, wie in einer Wüste aus ihrer Mitte verbannt zu sein, ein pathetischer Don Quijote, der sich im Glauben an die vergangenen Dinge vergeblich verausgabt.

Noch weniger war mir klar, welche Rolle die junge Frau bei dieser vermeintlichen Entzauberung gespielt haben mochte. Ich war in dieser Hinsicht auf die Hypothesen eines Romanciers beschränkt: Aber genau das erlaubte mir das leere, an mich adressierte und nur mit den Worten »Lieber Freund« versehene Blatt. A. schien mich aufzufordern, wenn ich es könnte, eine Geschichte zu rekonstruieren, die er mir zuletzt aus Mangel an Zeit oder Mut nicht mehr hatte vermachen können – sollte ihm nicht gar die Kraft dazu gefehlt haben. Die Ernsthaftigkeit, mit der die Haushaltshilfe sich seiner Gefährtin widmete und aus ein paar Spuren ihren eigenen Roman spann, die Distanz, die sie sich zwischen ihr und der Welt vorstellte, die rätselhafte Zurückgezogenheit, in der sie die junge Frau eingeschlossen wähnte, schienen die Unbekannte zu einer Verbündeten seiner gesellschaftlichen Einsamkeit zu machen – eine zerbrechliche Hand, die es gewohnt war, sich tastend durch die schreckliche Nacht zu bewegen, und die sich gerne einer anderen Hand anvertraute, wenn sich der Weg mit Schatten füllte. Sollte dies der Fall gewesen sein, hätte auch sie die Macht zum Gnadenstoß gehabt: Hätte sie zum Beispiel, wie die meisten Menschen, zwei antagonistische Persönlichkeiten in sich getragen (ich erinnerte mich daran, dass bei meinem

Freund ständig der Hang zur Ausschweifung mit der Sehnsucht nach Askese kämpfte), wäre sie plötzlich als eine flatterhafte junge Frau erschienen, die ihre dunkle Seite vergessen wollte, begierig nach Lichtern und Lärm, mehr dem Konformismus als dem Abenteuer zugetan, und sogar mit einer Neigung zu bestimmten vulgären Zügen von Emporkömmlingen. Wie aus einem Traum erwacht, hätte sie sich neben dem großen, alten Knochen A. auf nächtlicher Straße wer-weiß-wohin marschieren sehen, daraufhin die Flucht ergriffen und ihn wie einen toten Baum zurückgelassen.

Sollte sich nun jemand wundern, dass ich von erhabenen Gründen zu kleinen Ursachen übergehe, vom Lauf der Geschichte zu den Ereignissen des persönlichen Lebens, würde ich ihm antworten, dass es nun mal so ist: Wir sehen die Entwicklungen der Welt, Kriege, Revolutionen, durch das Prisma unserer Leidenschaften, die wiederum von ihnen verändert werden. Und wenn es kein höheres Glück gibt als den Zufall einer Liebe und einer großen menschlichen Hoffnung, so gibt es wohl kein schlimmeres Unglück, als verlassen zu werden, alles zu verlieren, was einem einen Augenblick zuvor noch körperlich am nächsten war, bis zu den weiten Horizonten, die man in Gedanken zu überschauen glaubte.

4

Ab dem Tag, als all ihre Sachen weg waren, erzählte mir die Haushaltshilfe, ging es mit ihm bergab. Sie waren nicht auf einmal verschwunden, aber doch recht schnell, und zwar der Reihe nach, wie beim geordneten Rückzug einer Armee. Eines Tages hingen keine Kleidungsstücke mehr an den Regalfächern, lagen keine Jeans, schwarzen Jacken oder weißen T-Shirts mehr auf den Tischen, und es standen keine Tennisschuhe mehr unter dem Bücherregal. Etwa einen Monat lang stand noch ein schwarzer Kulturbeutel mit Kosmetikartikeln auf der Ablage über dem Waschbecken. Eines Tages war er fort, und unmittelbar darauf waren auch die sehr wenigen persönlichen Gegenstände weg, die sie bei ihm hatte, ein Fächer aus Pfauenfedern, einige Perlmutt- oder Schildpattdosen, ein mit Silber besetztes Ebenholzarmband, ein kleiner Weidenkoffer, vermutlich alles Geschenke, so die Haushaltshilfe, die A. von seinen Reisen mitgebracht habe, und weniger Souvenirs, die sie mit einem Erlebnis verband, das vor ihrer Begegnung lag. Eines Tages war nichts mehr da. Das Lager war geräumt worden.

Von jenem Tag an soll es also laut der Haushaltshilfe bei ihm bergab gegangen sein. Als ob jedem Gegenstand sein zugewiesener Platz samt seinem zugedachten Erscheinungsbild unmerklich abhandengekommen wäre, als ob alles ein wenig abgedriftet wäre, an Form verloren hätte. Ein beißender Tabakgeruch zog durch die Räume und drang sogar in die, vor denen er bisher haltgemacht hatte: das Badezimmer, das Schlafzimmer. Überall lagen leere, mit der Faust zerknüllte Zigarettenschachteln herum: zerknitterte, in glitzernder Folie steckende geometrische Formen, zusammengeballte Zeichen zerrütteter Nerven. Darunter waren alle Marken, obwohl A. seit mehreren Jahren, seit sie bei ihm arbeitete, gewöhnlich nur Chesterfield light rauchte. Das bewies, nach Ansicht der Haushaltshilfe, die plötzliche Unordnung, die monströse Zunahme dessen, was vorher nur ein Laster gewesen war, das sie zwar missbilligte, das aber erträglich blieb. Ein weiteres sicheres Zeichen war die Anzahl der aufgefundenen Zigaretten, die, kaum angezündet, meist unter dem Wasserhahn ausgemacht worden waren: Diese widerlichen Tabakstummel in ihrem bräunlichen Saft, die A. auf Untertassen, in Aschenbechern oder auf dem Rand des Spülbeckens liegen ließ, weil er sich nicht einmal mehr die Mühe machte, sie in den Müll zu werfen, zeugten von dem Brechreiz, der ihm, sagen wir, bei der fünfzigsten Zigarette, den Magen umgedreht haben musste. Überall setzten sich ständig winzige Ascheschnipsel ab, und diese silbrigen Späne von verbranntem Papier waren am Ende so allgegenwärtig, meinte die Haushaltshilfe, dass es aussah, als ob man einen großen Stapel Bücher verbrannt hätte – dabei war er es, der sich so verzehrte.

Solange A. noch lebte – es waren noch fast sechs Monate –, wechselte er nie wieder die Laken des Betts, aus dem sie sich verabschiedet hatte. Es war nicht klar, ob diese Vernachlässigung irgendeinem sonderbaren Fetischismus geschuldet war, in der Absicht, sie über ihre Abwesenheit hinaus bei sich zu behalten und zu lieben, ob der Abdruck des lange Zeit angebeteten Körpers zum lächerlichen Katafalk einer toten Liebe geworden war oder nur ein plötzliches Desinteresse an allen Dingen dahintersteckte, das sich zum Beispiel auch darin äußerte, dass die durchgebrannten Glühbirnen nicht mehr ersetzt wurden, sodass die Dunkelheit Woche für Woche mehr Terrain im Haus gewann – bis am Ende nur noch ein paar schwache Lichter übrig waren (die Art, wie die Haushaltshilfe darüber sprach, hatte mich daran erinnert, wie an Land die Lichter langsam verschluckt wurden, wenn man sich mit dem Schiff von einem nächtlichen Ufer entfernte: ein sehr langsames und wehmütiges Drama, an dem ich mich in all den Jahren auf See nie sattgesehen hatte). Mit der Zeit hatte das Baumwolllaken eine flauschige Textur bekommen, seine Farbe war verblasst, Haare – einige stammten zweifellos noch von der jungen Frau – hatten sich in ihm verfangen, als wären sie in das Gewebe eingewirkt, und schließlich sah es aus wie ein

Leichentuch oder, mit dem Geruch, der von ihm ausging und der, wie die Haushaltshilfe meinte, irgendwo zwischen fade und säuerlich lag, wie ein alter Scheuerlappen.

Es schien, als hätte nun selbst der elementare Akt des Wegwerfens seine Kräfte überstiegen. So fand sie überall Medikamente, deren leere Blister mit den durchgedrückten silbernen Deckfolien wie eingefasst in zusammengequetschten Zigarettenschachteln steckten und im Halbdunkel glitzerten. Hier und da lagen Knäuel aus zerknüllten Papieren herum. Die Haushaltshilfe gab errötend zu, dass sie mehr als einmal das Gebot der Diskretion verletzt habe und mehr aus Sorge und Mitgefühl denn aus Neugier, wie sie mir versicherte, diese verworfenen, mit oft zitternder Hand beschriebenen Seiten glatt gestrichen und entziffert habe (wenngleich eines der Dinge, die sie an A. immer bewundert habe, ohne je etwas von ihm gelesen zu haben, die kraftvolle Entschiedenheit seiner Handschrift gewesen sei, als hätte ein Mandarin aus dem alten China den Stift geführt): Es waren ausnahmslos Entwürfe von Briefen, die er an die junge Frau geschrieben hatte, in denen er sie beschwor, darüber nachzudenken, was sie gerade unwiederbringlich zerstörte. Anscheinend bekam er nie eine Antwort, denn mit der Zeit wunderte er sich immer mehr über ihr Schweigen, und zu seinem Kummer kam noch die Kränkung hinzu.

Da man nichts mehr wegwarf, wurde auch nichts mehr gekauft. Eine Zeit lang gab es noch Kaffee im Kühlschrank, aber dann war auch das vorbei. Als Seife benutzte er allenfalls die kleinen Stücke, die er von seinen Hotelübernachtungen mitbrachte. Das Erstaunlichste aber war das völlige Verschwinden der Zeitungen, die A. zuvor frenetisch gelesen hatte und die sich im Eingang in vergilbten Stapeln auftürmten, die immer umfielen und sich fast so schnell erneuerten, wie sie weggebracht wurden. Es war, als würde ihn das Getöse der Welt nichts mehr angehen, als hätte das Übermaß jenes Schmerzes, den Physiologen »süß« nennen, jede andere Fähigkeit zu leiden oder sich zu empören (über die er bis dahin, soweit sie es beurteilen konnte, großzügig verfügt hatte, wie sie mir bestätigte) oder auch nur jegliches Interesse an irgendetwas in ihm abgetötet. Eines Tages habe sie sich, erzählte sie mir, anlässlich einer der sehr seltenen Begegnungen mit A. in jener Zeit (für gewöhnlich richtete er es so ein, dass er nicht da war, wenn sie kam, um sie nicht zu stören oder nicht von ihr gestört zu werden) über diese tiefgreifende Veränderung in seinen Gewohnheiten gewundert. Er hatte sich offensichtlich seit mehreren Tagen nicht mehr rasiert und wirkte leicht benommen. Er hatte sie seltsam angeschaut und fast lächelnd, aber mit einem fürchterlichen Lächeln, mit einem Satz geantwortet, in dem, wie sie sich erinnerte (es hatte sie entsetzt), von einem Dorn im Auge die Rede war. »Wer einen Dorn im Auge hat, den interessiert die Zukunft der englischen Dampfflotte nicht mehr.« Genau das waren seine Worte, Monsieur, sagte sie, ist das etwa eine bekannte Redewendung? Ihre Frage, wenn es denn eine war, hörte sich nicht wirklich wie eine an, sodass ich nur vage mit den Schultern zuckte.

Es gab jedoch etwas, um ehrlich zu sein, das A. regelmäßig auffüllte, und das waren die Whiskyflaschen. Zwei oder drei pro Woche, oft mehr, und die leeren standen wie für ein Jahrmarktschießen in dichten Reihen entlang dem Holzgitter zwischen Küche und Flur. Als hätte die ganze Besessenheit meines Freundes – denn er war, wie sie mir erzählte, ein Ordnungsfanatiker, was mich eigentlich nicht überraschte, da viele ängstliche Menschen so sind – im Aufräumen, im Aufreihen jener Flaschen bestanden, deren Inhalt ungezügelt durch seine Adern floss, seinen Geist verwirrte und seinen Körper verwüstete. Als würde er etwas bauen, sagte sie, ein Haus oder ein Grabmal aus goldbraunem Glas, wobei er darauf achtete, jedes Element gut einzufügen. Während alles den Bach runterging – die Briefe zum Beispiel, einst streng gestapelt und abgeheftet, lagen nun meist ungeöffnet herum –, hielt sich dieses Bollwerk, in dem sich das Licht verfing wie in einem Kirchenfenster, paradoxerweise weiterhin und zeugte von seinem verlorenen Sinn für das rechte Maß.

Man könne, sagte sie noch, Blutspuren an den Wänden sehen. Er müsse sich verletzt haben, als er mit den Fäusten dagegenschlug.

Die Haushaltshilfe war nicht sehr erstaunt gewesen, als sie wie seit Jahren an einem Mittwoch zur Arbeit kam und die Tür versiegelt vorfand. Nicht wirklich erstaunt, aber doch traurig. Als die Wohnung später wieder vermietet werden sollte, hatte man sie gebeten, zu kommen und einen Großputz vorzunehmen, und dabei hatte sie den Brief entdeckt, der keinen anderen Hinweis enthielt als den auf eine alte Freundschaft, die mich von den Ufern des Roten Meeres in ein mir fremd gewordenes Paris zurückgeholt hatte, das frostig auf das Winterende wartete.

5

Ich sagte, glaube ich, dass man vor Port Sudan auch nicht häufiger auf Grund laufe als anderswo. Das war eine Redensart und ziemlich ungenau, denn in Wahrheit war das umliegende Korallenriff gespickt mit Wracks. Es gab nicht weniger als zwei auf dem North Towartit Riff, das die Franzosen Silayet nennen, drei in der Nähe des Leuchtturms an der Hafeneinfahrt und eines auf dem Protector Riff, etwas weiter südlich, ganz zu schweigen von der *Umbria* und ihrem mit Sprengstoff beladenen Rumpf eine Meile nordnordöstlich des südlichen Leuchtturms vom Wingate Riff, deren Davits bis zur Wasseroberfläche aufragten. Diese rostzerfressenen Denkmäler, die von Regenbögen umgeben waren, wenn sich die Wellen an ihnen brachen, schienen eine Kette uralter Festungen zu bilden, die eine tote Stadt vor Anlandungen schützte.

Ich habe Wracks schon immer geliebt, worauf ich mir etwas einbilde. So oft wie möglich suchte ich diese Ruinen auf, die Wache hielten vor den Dächern, Silos, Kränen und Funkmasten von Port Sudan, das unter der glühenden Luft in der Ferne seine Konturen verlor. Der Wellengang, der diese Burgen aus Stahl füllte und leerte, erzeugte eine seltsame und barbarische Musik, die sich aus Röcheln, Pfeifen, Kullern und schmatzenden Geräuschen zusammensetzte und von dumpfen Stößen rhythmisch begleitet wurde. Muränen schwammen geschmeidig im klaren Wasser, dehnten ihre schleimigen Windungen zu langen, gesprenkelten Peitschen aus, rollten sich bald darauf in einer Nische eines Maschinenraums wieder zusammen und streckten ihre mit Rasierklingen gespickten Mäuler Richtung Wasseroberfläche.

Einmal war ich Zeuge eines abscheulichen Schauspiels: Einige wilde Knallköpfe, von denen ich wusste, dass sie im Sold von Nimour standen, einem der Oberschurken des Hafens, hatten einen Welpen in die Reichweite dieser Ungeheuer geworfen. Nach dem ersten Angriff einer Muräne, dem ersten Blut, das geflossen war, wimmelte es nur so von diesen marmorierten Schlangen, die ebenso begierig waren, sich gegenseitig zu verschlingen, wie ihre Beute in Stücke zu reißen. Ich habe in meinem Leben viel gesehen, und nicht immer nur Angenehmes. Aber ich werde nie das Heulen des lebendig zerstückelten Tieres vergessen, das Toben im aufgewühlten Wasser, das gluckernde Gelächter der Bestien, den Widerhall dieser Geräusche im großen Bauch des aufgeschlitzten Eisengerippes, ich werde nie diesen fleischfressenden Knoten vergessen, der im purpurroten Schaum zuckte und das zerfetzte Fleisch in zerfetzenden Mäulern verschwinden ließ, denn es war das Gesicht der Gorgone.

Normalerweise fand ich in diesen Ruinen jedoch eine Art Frieden. Ich ging oft dorthin in Begleitung einer Frau von trauriger, unbefangener Anmut aus dem Volk der Danakil. Wir sprachen nicht miteinander, berührten uns nicht oder kaum. Das wenige, das ich von ihr wusste, von dem Fluch, den ihre Schönheit für sie bedeutet hatte, war für mich genug, um ihr Schweigen zu verstehen; in meinem achtete sie, denke ich, ein Vorrecht jener geheimnisvollen Spezies, die, so viel steht fest, die Weißen bildeten. Wir wanderten durch die verwüsteten Gänge und hielten uns dabei an der Hand. Eine leichte Brise ließ uns für einen Moment die Gluthitze vergessen. Ich setzte mich hin, sie hockte sich hin und faltete ihre langen Hände unter ihrem Kinn, ich zog eine Mundharmonika aus der Tasche und spielte darauf, es war das einzige Mal, dass ein Ausdruck von kindlicher Freude auf ihrem Gesicht lag (sogar wenn wir uns liebten, denn bisweilen taten wir es trotzdem, wahrte sie ihre undurchdringliche Maske). Wir beobachteten die Vögel, die über den glühenden Himmel glitten, oder die schillernden Segel jener Quallen, die die Engländer »Portugiesische Galeeren« nennen und deren lange violette und blaue Fangfäden bisweilen den Tod bringen. Man hätte uns für Verrückte oder Gespenster halten können. Wir waren beide, so vermute ich, ein Paar, das es ins triste, tiefe Wasser zog, weil dann die Welt plötzlich weit weg zu sein scheint. Wir stachen gemeinsam in See, um auf Meeren zu segeln, die kein Mensch je erkundet hatte.

Er war sozusagen ein Wrack geworden, meinte die Concierge, eine Frau, deren mürrische Art mir von vornherein nicht behagte. Da indes ihre Leidenschaft für Klatsch und Tratsch ihr Misstrauen gegenüber jedem Fremden im Haus überstieg, stellte sie sich nicht nur bereitwillig meinen Fragen, sondern erzählte noch weit mehr. Mit einer von Natur aus unwiderstehlichen Neigung zu den taktlosesten, mithin schlüpfrigsten Vertraulichkeiten berichtete sie mir, dass A. und seine Begleiterin für gewöhnlich »nachts viel Lärm gemacht« hätten. Als sie dann merkte, dass ich nicht reagierte, und befürchtete, ich könnte nicht verstanden haben, was sie meinte, fügte sie hinzu: »Und nicht nur nachts: Es überkam sie zu jeder Zeit.« Sogar mittags, bekräftigte sie, als wäre das für sie der Gipfel der Wollust. Unter diesem Aspekt konnte sie über die Veränderungen, die im Leben meines Freundes stattgefunden hatten, nur froh sein: In seinem Bett sei es von da an still geblieben. Was die öffentliche Ordnung gewonnen hatte, war ihrer Neugier freilich verloren gegangen. Daher spürte man unter der zur Schau gestellten Zufriedenheit den Stachel der Enttäuschung. Im Übrigen hatten andere, natürlich weniger anstößige, aber ebenso ruhestörende Geräusche die der Liebe abgelöst: A.s Schritte, unter denen die Dielen endlos knarrten, wenn er hundertfach, endlos, dieselbe Strecke auf und ab wanderte, bis sie schließlich vor Ärger an die Decke klopfte – A. wohnte im Hochparterre –, oder die Musik, die man hörte, bis die Morgendämmerung die Fensterscheiben blau färbte und die Mülltonnen über die Höfe gerollt wurden, immer dieselben Melodien, erzählte sie mir, über die sie nichts anderes sagen konnte, als dass sie »traurig« und sogar »langweilig« waren. Jetzt wird der arme Kerl nie wieder Krach machen, fügte sie grimmig hinzu.

Der Vorhang seines Fensters, sagte sie und führte mich in den Innenhof, auf den das Zimmer hinausging, blieb den ganzen Tag über zugezogen. Denn soweit sie das beurteilen konnte, stand er immer erst um drei oder vier Uhr nachmittags auf. Jedenfalls traf sie ihn um diese Zeit manchmal im Hausflur vor den Briefkästen. Er war nie frisch rasiert, hatte immer tiefe Augenringe, blutunterlaufen, kurz, er sah aus wie ein Wrack. Nicht nur dieser beklagenswerte Satz erinnerte mich wieder an meine Festungen aus Träumen, Salz und oxidiertem Eisen, sondern auch ihre dicken, schlaffen und marmorierten Arme, die mir auffielen, als sie ihn aussprach: Muränen. Aus dem Rumpf dieser Megäre quollen Muränen, ihre kleinen, geröteten Hände waren Scheren, die nach Blut gierten. Sobald er aufgestanden war, erfuhr ich von ihr, wanderte A. zum Briefkasten: vielleicht zehn Mal am Tag, und sogar sonntags, als wüsste er nicht, dass es seit einer Ewigkeit nur zwei Zustellungen täglich gab, und nur unter der Woche. Die Concierge war der Meinung, dass er absurderweise verzweifelt auf einen Brief wartete, der nie kam, nie kommen würde. Jetzt raten Sie mal, von wem, sagte sie mit einem Gesicht, auf dem sich Hinterlist und Schadenfreude den Platz streitig machten.

Selbst unter Aufbietung sämtlicher Mittel ihrer beredten Bosheit, die wahrlich bedeutend waren, konnte sie nichts Wesentliches mehr hinzufügen. Dass A. sich ausgerechnet in der Woche entschieden hatte, aus dem Leben zu scheiden, in der sie abwesend war, weil sie eine Schwester in der Provinz besuchen musste, der man »die Organe« entfernt hatte, wie sie betonte, war etwas, das sie ihm nicht verzeihen konnte. Sie war also durch die gemeinsame Schuld meines Freundes und dieser unglücklichen Verwandten um ein Ereignis gebracht worden, das die Apotheose ihrer Karriere gewesen wäre. Vom Schuss, dem Eintreffen der Polizisten, des Gerichtsmediziners, dem Maßband, den Kreidemarkierungen auf dem Boden, den Blitzlichtern, der Bahre mit der zugedeckten Leiche, von all dem, was sie so oft in Krimiserien »im Fernsehen« gesehen hatte und was schließlich »in echt« auf ihrem Territorium, unter ihrer Zuständigkeit geschehen war, habe sie nur durch Hörensagen erfahren. Allerdings bot sie bereitwillig an, mir davon zu berichten, und man merkte, dass sie mit der Fülle der Geschichten, die sie zu erzählen hatte, das Fehlen des eigenen Erlebens bis zu einem gewissen Grad wettmachen konnte. Ich lehnte ihren Vorschlag ab. Es war mir egal, ob A. einen Smoking angezogen und eine Plastikfolie unter sich ausgebreitet hatte, um keine Flecken zu machen: Das sind Einzelheiten, denen man Bedeutung beimisst, solange man jung ist, später weiß man dann, dass ein Tod dem anderen gleicht, egal, welche makabren Ausschmückungen man hinzufügt. Mich interessierte nicht der Schlusspunkt, sondern die ungeschriebene Botschaft, die ihm vorausging.

Irgendwann musste die Vermisste ihr doch über den Weg gelaufen sein: Das konnte die Concierge nicht abstreiten. Das Geständnis fiel ihr schwer, denn sie hatte nichts Schlechtes über die Frau zu sagen, die in der Tat sehr jung und blass gewesen sei: Die Haushaltshilfe hatte sich nicht geirrt. War die junge Frau schön? Das hänge vom Geschmack ab, meinte sie, klar, wenn man diese Sorte Frau mochte, diese zerbrechlichen Frauen mit dunklen, traurigen Augen, dann, ja, dann war sie außerordentlich schön. Sie, die Concierge, fand sie dünn wie eine Bohnenstange. Außerdem habe sie die junge Frau kaum zu Gesicht bekommen, so leichten und schnellen Schrittes, wie sie war, wenn sie verstohlen hinein- oder hinausschlüpfte, immer schwarz gekleidet, mit weißen Tennisschuhen an den Füßen: als würde sie einen geheimen Ort aufsuchen oder ihn verlassen. Allerdings hatte sie die beiden des Öfteren bei ihrer »Gymnastik«, wie sie sagte, überrascht, wenn sie morgens »die Treppe machte«: A. an den Türrahmen gelehnt, sie schon auf der Kehre, tauschten die beiden noch Küsse aus mit an die Lippen geführten Fingern. Er schloss die Tür erst dann ganz leise hinter sich, wenn das Zuschlagen des Eingangstors ihm signalisierte, dass sie bereits auf der Straße war. Es war wie ein Ritual, ihr Auseinandergehen am Morgen schien Tag für Tag die Wiederholung des ewig selben Abschieds zu sein.

6

Der Freitod von A. hatte ihn interessant gemacht. Es sprach sich herum, dass ich sein Freund war, dass ich zur See gefahren war und von einem abgelegenen Hafen am Roten Meer kam: Das gab mir, glaube ich, ein vages Rimbaud-Image mit einem Hauch Conrad. Ich wurde einige Male zum Abendessen eingeladen und hatte die Schwäche zu erscheinen. Stark geschminkte Frauen wollten mich kennenlernen; andere begegneten mir mit einer präraffaelitischen Gemälden nachempfundenen Blässe. Egal. Mein Lieber, sagten sie, nahmen meine Hände und sahen mich mit schönen, umschatteten Augen an, was für ein Unglück! Was für ein Verlust! Einige Kleingeister, deren kultivierte Vernachlässigung der Kleidung verriet, dass sie Künstler waren, nahmen mich am Arm wie einen alten Freund, dem man in schwerer Zeit beisteht. Ich war, was leicht zu verstehen ist, mit den Gepflogenheiten dieser Welt nicht vertraut, ich wusste nicht, in welchem Ausmaß diese Komödie die Regel war, und dass ich darin die Rolle des Hanswursts spielte. Gutgläubig stellte ich mir vor, dass ihn alle, die ihn bedauerten, gemocht hatten. Es wunderte mich allerdings schnell, dass niemand eine persönliche Erinnerung an ihn bewahrt zu haben schien, und noch weniger an die junge Frau in Halbtrauer. Ich merkte bald, dass sie ihn zu seinen Lebzeiten kaum gegrüßt hatten. Er war ihnen völlig fremd gewesen, nur über seinen Tod tauschten sie sich aus, denn er diente ihnen entgegen allem Anschein dazu, täglich die Freude, ja fast den Hochmut zu steigern, die ihnen die gegenseitige Versicherung ihrer Existenz, des Vorzugs, am Leben zu sein, bereitete: ein Wunder, das durch wohlfeile Worte, Tratsch und Berührungen zu erleben sie nicht müde wurden.

Zumindest, dachte ich, schätzten sie ihn in irgendeiner Weise für das, was er geschrieben hatte, und wofür sie vorgaben, ihn zu rühmen. Ich fand bald heraus, dass sich ihre Kenntnisse in dieser Hinsicht auf ein paar herkömmliche, vage erinnerte Ansichten beschränkten. Und ich begriff bald, dass ihr Wissen selbst über die großen Texte, die seit Langem seinen Ruhm ausmachten, nicht lebendiger oder umfangreicher war. Ich, der Hinterwäldler, der gerade aus der Wüste eingetroffen war, hatte mehr gelesen als sie. Freilich las ich, was meine Gedanken oder sogar meine Fantasie mir als einsamem Leser eingaben. Sie überflogen, was man »gelesen haben musste«, also das, wofür sich eine weitläufige, aber doch recht begrenzte Halbwelt, von der sie nur ein kleiner Teil waren, eine Woche oder einen Monat lang begeisterte. Und die Absonderlichkeiten des schönen Scheins machten es möglich, dass es mal Seneca und ein anderes Mal irgendein Fernsehstar war, dessen Namen sie, von einer plötzlichen Lust gepackt, der unendlichen und glanzlosen Liste von Literaten hinzufügten.

Außerdem hielt die vorgetäuschte Wertschätzung für A. nur so lange an, wie meine Anwesenheit für sie neu und unterhaltsam war. Sobald sie sich abgenutzt hatte wie ein altes, zu lange getragenes Kleidungsstück, zögerte man nicht, über ihn herzuziehen, und machte keinen Hehl daraus, was von einem Störenfried zu halten war, der sich aus Stolz von der Gesellschaft abwandte und dessen aufgewühlte Prosa gegen die Normen des guten Geschmacks verstieß. Diese Leute waren ständig damit beschäftigt, kleine Gemeinheiten auszutauschen. Übrigens lag ihren Verleumdungen, soweit ich das beurteilen konnte, keine Boshaftigkeit zugrunde, denn die hätte eine diesen erregten Gemütern unbekannte Kraft vorausgesetzt, sondern vielmehr Langeweile, Bedeutungslosigkeit, Herdentrieb und zweifellos auch Verlegenheit, die sie empfanden, wenn sie im Innersten das Ausmaß ihrer Gleichgültigkeit ausloteten und sich eingestehen mussten, dass sie, auch wenn sie moderne künstlerische Überzeugungen vertraten, wie es sich für sie gehörte, spontan zum naturalistischen Roman, der Dichtung der Parnassiens und der pompösen Malerei neigten.

Ich habe nie behauptet, ich wüsste, was Literatur ist, auch wenn ich, wie gesagt, ein unersättlicher Leser bin.

Aber ich war mir zumindest sicher, dass sie nicht jene Geschäftemacherei war, von der diese Leute ihr Dasein fristeten. Manchmal kam es mir vor, als wären die Menschen wie große, hohle Statuen, in deren dunklem Inneren es lautstark rumorte, und dieser Groll würde durch die ungezügelte Vervielfachung der Echos herausbrechen: Schreiben wäre dann der Versuch, das heillose Getöse dieses Chaos zu orchestrieren. Wir trugen diesen Widerhall der Zisternen, dieses Tosen des Meeres in den Grotten, dieses Brüllen von in Kellern geschlachteten Tieren in uns. Es hatte mit Wahnsinn und Tod zu tun, oder, wenn man so will, mit Vernunft und Leben, sofern man diese als den verworrenen und von vornherein verlorenen Kampf gegen diese Mächte des Nichts betrachtet, als den Aufschub, der uns gewährt wird, bevor man uns zum Schweigen bringt. Schreiben würde dann bedeuten, zwischen dem Tohuwabohu und der ewigen Stille Musik zu komponieren. Diesen Ideen fehlt es zugegebenermaßen an Klarheit: Aber gibt es die in diesen Dingen überhaupt? Während ich solchen und ähnlichen Gedanken nachhing, stellte ich mir manchmal vor, eine Linie, so blendend, kurz und unbeschreiblich wie das Zucken eines Blitzes, würde bestimmte Wortkaskaden mit den schwindelerregenden Höhen des Sturms verbinden.

Dass man ihn für seinen Stolz verspottete, zeigte mir, dass sich mein Freund nicht allzu sehr verändert hatte, seit wir vor einem kurzen Vierteljahrhundert getrennte

Wege gegangen waren. Ich war froh darüber, trotz der Widrigkeiten, die es ihm eingebracht haben musste und die man anhand der unverhohlenen Sarkasmen ausloten konnte, mit denen man jetzt seiner gedachte. Die Jahre, die zwischen unserer Jugend und unserem Mannesalter bis zum Ende des Jahrtausends verflogen waren, hatten nicht nur die Achtung vor den alten Tugenden der Aufrichtigkeit, der Ehre und des Mutes zum Verschwinden gebracht, selbst die Worte, die sie bezeichneten, hatten jede lebendige Bedeutung verloren, und auch der Faden, der die Gegenwart in die Geschichte eingewebt und mit früheren Zeitaltern verbunden hatte, war gerissen, die lesbare, erschließbare Tiefe der Vergangenheit vom Brodeln einer halb garen und weitschweifigen Aktualität ausgelöscht worden. Ich begriff, was man am Stolz verabscheute: Wer sich auf ihn berief, beanspruchte Einzigartigkeit und scheute nicht die Risiken und Aufgaben, die er damit übernahm – wohingegen seine zeitgemäße und degenerierte Form, die Selbstgefälligkeit, nur zu übertriebener Wichtigtuerei verpflichtete. Stolz galt nun als Krankheit und war in den herrschenden Klassen Europas so altmodisch wie Syphilis oder Tuberkulose.

Dagegen verehrte man, und zwar in ungeheurem Maße, das Geld. Als ich Frankreich verließ, schickte es sich noch, keines zu haben – oder es zum Fenster hinauszuwerfen, wenn man zufällig welches besaß. Ich war verblüfft darüber, dass auf den Titelseiten der Zeitungen und sogar in den Gesprächen unter Leuten von Welt Börsenkurse, Zinssätze und Währungen verfolgt wurden und nicht mehr der Verlauf von Revolutionen, dass nun die großen Geschäftemacher die Fantasien beschäftigten, die sich einst auf wirkliche oder vermeintliche Befreier der Völker gerichtet hatten, und dass das Ansehen eines Menschen, die Wertschätzung, die er bei anderen genoss, davon abhing, wie verschwenderisch er mit den Markenzeichen des Überflusses umging. Zudem bestimmte der platteste Konformismus die Regeln und Grenzen dieser Zurschaustellung: Nicht Extravaganz war gewünscht und wurde gelobt, sondern im Gegenteil die Anpassung an Verhaltensmuster, Kleidermoden, Vergnügungsarten, kulturelle Gepflogenheiten usw., deren unablässiges Wiederkäuen in der Werbung den Verstand betäubte.

Wir waren in jeder Hinsicht mit größter Eile und von allen Seiten zugleich ins Zeitalter des Vulgären vorgedrungen. Diese Leute, unwürdige Erben eines Geistes, der Europa aufgeklärt hatte, bezogen ihr Vergnügen und ihre banalen Gespräche aus dem täglichen Anblick von Kasperlefiguren, die angeblich die Großen dieser Welt darstellten, Darbietungen, bei denen die Plumpheit der Gesichtszüge nur von der stereotypen Dummheit der Erwiderungen übertroffen wurde: Sie glaubten tatsächlich, es wäre wie bei Molière. Man hatte den Humor dem Spaß geopfert, die Frechheit der Unverschämtheit. Man bewunderte Hochstapler, die anderen den Inhalt und sogar die Form ihrer Bücher gestohlen hatten, sobald der Betrug schamlos genug und der Schwindler prominent genug waren, um Stoff für umfangreiche journalistische Berichte zu liefern. Denn merkwürdigerweise entschuldigte man bei den Mächtigen, was man einem Abiturienten nie verziehen hätte, und es fanden sich immer genug unterwürfige Seelen, die die krasseste Rücksichtslosigkeit auf die außerordentliche Freigebigkeit des Genies zurückführten.

Ich erwähne diese Niederträchtigkeiten (deren Neuheit ich, wie ich gerne zugebe, meiner Arglosigkeit wegen wohl ziemlich übertreibe) deshalb, weil ich annahm, dass sie in A.s nicht geschriebenem Brief hätten stehen können. Ich konnte wirklich nicht glauben, dass seine Gründe alle gefühlsbedingt waren, oder vielmehr wurde ich den Gedanken nicht los, dass die ganz persönlichen Enttäuschungen des Mannes, an den ich mich erinnerte und der vermutlich immer derselbe geblieben war, nur deshalb eine so schreckliche Kraft erlangen konnten, weil sie eine umfassendere und philosophischere Trostlosigkeit auf schwindelerregende Weise verstärkten und vertieften. Ich musste also davon ausgehen, dass sich die Verschwundene für ihn als eine Frau entpuppt hatte, die zu dieser falschen Welt gehörte oder zumindest in ihr ankommen wollte, und dass ihr Abschied von ihm als ein Überlaufen zum Feind inmitten der Schlacht (in wilder Flucht) empfunden worden war. Das ergänzte ihr Porträt, verkomplizierte es und spitzte es auf rein hypothetische Weise zu. Eines der Dinge, die ihr innerlich die Luft abgeschnitten und sie womöglich dazu gebracht hatten, die gewöhnlichsten Erscheinungsformen des bürgerlichen Lebens jener Zeit zu begehren, dürfte die Verknüpfung der romantischen Sehnsucht nach der geteilten, großen Einsamkeit in der Kunst und in der Liebe mit der Kaltschnäuzigkeit gewesen sein: eine Seele, die zugleich überschwänglich und leer, dramatisch und frivol war, die vage von großen Dingen träumte und sich mit Nebensächlichkeiten beschäftigte, die darunter litt, dass sie von solch widersprüchlichen Regungen zerrissen wurde. Ein Mund, den die Spannung zwischen dem Willen zum Verrat und der Scham darüber stumm gemacht haben könnte. Aber vielleicht bildete ich mir Stürme ein, die ihren Schädel gar nicht erschüttert hatten, vielleicht war die Wirklichkeit viel banaler gewesen, und sie hatte A. verlassen, weil es einfach unmöglich war, mit ihm zu leben. Das hat mich jedenfalls dazu verleitet, etwas anderes zu glauben als das, wovon ich erfahren hatte, und darüber muss ich berichten.

7

Als ich der Concierge ihre schändliche Indiskretion mit einem Hundert-Francs-Schein vergalt, rückte sie damit heraus, dass A. sich zu einem bestimmten Zeitpunkt »in Behandlung begeben« hatte, an einen Ort, an den sie ihm die Post nachsandte und von dem sie, wie sie glaubte, die Adresse aufbewahrt hatte. Nur sei diese leider gerade nicht auffindbar: Ein weiterer Hundert-Francs-Schein förderte den Zettel unter ihren schmierigen Akten zutage. Also begab ich mich in einem Vorort westlich von Paris zu einem Herrenhaus mit blauen Fensterläden am Ende eines triefenden Parks. Ich erinnere mich, dass sich die Hochwasser führende Seine in großen Bronzewirbeln unter den Brücken hindurchwälzte, ich erinnere mich an einen windigen Tag, an die schwarzen Äste der Bäume vor den schnellen grauen Wolken, sodass der Himmel aussah wie zerbrochenes Glas. Die Ärzte beriefen sich natürlich auf ihr Schweigegelübde. Dagegen konnte ich eine franko-algerische Krankenpflegerin mit dem schönen Gesicht eines weiblichen Jugurtha davon überzeugen, sich nach Dienstschluss mit mir in einer nahe gelegenen Brasserie zu treffen, die »Gottes Gnade« hieß: ein

Name, der mich an ein Lied von Pierre Mac Orlan erinnerte und der umso befremdlicher auf mich wirkte, als die besagte Gnade, oder auch das Erbarmen, demjenigen verweigert worden war, der sechs Wochen in dieser Gegend verbracht hatte.

Sie habe meiner Bitte nicht aus Lust am Klatsch entsprochen, begann die junge Frau das Gespräch mit einem Ausdruck entschiedener Ernsthaftigkeit, sondern weil sie Sympathie für A. empfunden habe, und sogar, wie sie nach einem leichten Zögern bekundete, so etwas wie Zuneigung. Sie sagte es in diesen Worten, und ich konnte meine Überraschung wohl nicht verbergen, denn sie fügte noch hinzu, dass sie viel lese, dass dieser Umstand nicht wenig zu ihrer Komplizenschaft mit meinem Freund beigetragen habe, dessen Bett stets voller Bücher gewesen sei, und dass ich mich nicht wundern solle, wenn sie sich beim Sprechen gewählter ausdrücke, als das in Gesprächen von Leuten ihrer Herkunft normalerweise der Fall sei. Dieser Satz, den sie mit einer gewissen Schroffheit aussprach, ließ mich erröten. Von der Frau mir gegenüber ging eine unbeugsame Kraft aus, gestählt in den Kämpfen, die sie seit ihrer Kindheit gegen ein widriges Schicksal geführt und einen nach dem anderen gewonnen hatte. Ich bewunderte sie und war von ihr mehr eingeschüchtert als von den Psychiatern mit ihrer diskreten Freundlichkeit. Gleichzeitig kam mir der Gedanke, dass diese junge Frau in ihrem gewissermaßen männlichen Mut, die sagte, sie heiße Hurriya, was im Arabischen »Freiheit« bedeutet, das genaue Gegenteil seiner verschwundenen Gefährtin war, deren Verhalten ich mir mit ihrer Lebensunerfahrenheit erklärte, ja sogar mit der ängstlichen Weigerung, sich dem Leben und seinen Prüfungen zu stellen, und dass ich so vielleicht mehr über sie erfahren würde als das, was Worte mir sagen würden. Nichts, das räume ich gern noch einmal ein, ermächtigte mich zu dieser Überlegung, nichts außer einer Reihe von Hypothesen, die mir nicht als zu gewagt erschienen und die von nun an meine Gedanken verknüpften.

Bei seiner Ankunft in der Klinik war A., wie sie erzählte, ein von Alkohol und Antidepressiva zerstörter Mann. Grauer Teint, eingefallene Wangen, tiefe Augenringe, zitternde Hände. Er hatte seinen Körper nicht mehr unter Kontrolle, sagte Hurriya und sah mir dabei direkt in die Augen, als wollte sie prüfen, ob ich in der Lage sei, die Brutalität solcher Enthüllungen zu ertragen, ihre Bedeutung zu verstehen. Bisweilen war er plötzlich schweißgebadet, obwohl es kalt war. Manchmal hat er sich in die Hose gepinkelt oder sogar geschissen. Ich hoffe, ich schockiere Sie nicht, wenn ich Ihnen das erzähle. Ich erzähle es Ihnen, weil ich denke, dass er ein Mann war, der sich um sein körperliches Erscheinungsbild gekümmert hat. Eine Frau bemerkt solche Dinge, und mir scheint, dass er diese Erniedrigung, die für ihn unerträglich gewesen sein muss, zugleich mit feiner Ironie und fast unheimlicher Freude hingenommen hat. Als ich ihr erwiderte, dass ich nicht schockiert sei und wisse, dass das Leiden kein Galadiner und auch keine elegische Dichtung sei, sondern Blut, Schweiß und Scheiße, fügte sie sehr leise diese wenigen banalen Worte hinzu, in denen dennoch alles Mitgefühl der Welt zu liegen schien: Es war nicht seine Schuld.

Aber nicht nur diese Anzeichen verrieten seinen zerrütteten Zustand, sondern auch seine Art, den Blick in die Ferne schweifen zu lassen oder, im Gegenteil, etwas starr zu fixieren, wie jemand, der nur für kurze Momente aus einem verzehrenden Traum erwacht und an der Realität dessen zweifelt, was er sieht. Dazu zeigte seine leicht gebeugte Körperhaltung, als hätte ihn ein schwerer Schlag getroffen, dass er einen Schmerz trug, der ihn nie verließ und so stark beschäftigte, dass er an nichts anderes mehr denken konnte und darüber alles andere vergaß, was ohnedies nur zufällig, sporadisch und stets in Form eines Schreckens in sein Bewusstsein drängte: Ein Geräusch, der Klang einer Stimme ließ ihn plötzlich furchtbar zusammenzucken, das langsame Herabfallen eines welken Blattes im Park warf ihn fast um.

War Alkoholmissbrauch die Hauptursache für diesen zerrütteten Zustand meines Freundes, oder hatte ihn vielmehr ein früheres Unglück niedergestreckt? Genau darüber diskutierten die psychiatrischen Quacksalber etwas zerstreut bei ihren morgendlichen Besprechungen, zu denen Hurriya freilich nicht zugelassen war, von denen sie aber durch die leitende Krankenpflegerin Wind bekommen hatte. Hurriya hingegen, die Freiheit, dachte viel vernünftiger, wie mir schien, nämlich dass jeder Mensch von Geburt an die möglichen Ursachen seines Verderbens und seiner Glückseligkeit gut gemischt wie in einem Kartenspiel in sich trug. Exzessives Trinken gehörte zu dem, was man A.s dramatisches Programm hätte nennen können, ebenso wie eine hemmungslose Fröhlichkeit, wobei eine Seite von ihm der Dunkelheit, die andere dem Licht zuneigte wie bei uns allen, nur dass die Extreme bei ihm despotischer und absoluter waren als bei den meisten. Hurriya gebrauchte, um von diesen unwägbaren und vielleicht unverständlichen Dingen zu sprechen, orografische Bilder, Metaphern, die vielleicht von den numidischen Bergen herrührten, aus denen ihre Familie stammte. Alle Menschen, sagte sie, hätten ein doppeltes Gefälle: Bei manchen sei die Neigung jedoch so gering, dass das Wasser, auf welcher Seite es auch hinabfloss, einen friedlichen Lauf nahm, während bei anderen der geringste Regen Sturzbäche erzeuge, die alles auf ihrem Weg mitrissen.

Ich konnte nicht umhin, das, was Hurriya mir erzählte, mit den nachdrücklichen Andeutungen in Verbindung zu bringen, die die Concierge mir gegenüber gemacht hatte. Es seien nicht nur die Liebesgeräusche gewesen, die in der Nacht widerhallten, hatte mir die alte Schachtel zu verstehen gegeben, sondern in den letzten Tagen ihres Zusammenlebens auch die heftigen Streitereien, und dabei vor allem das Geschrei, das nur er veranstaltet habe, die Flüche, die zerschellenden Gegenstände, und manchmal habe man sogar Schläge gehört. Ich konnte der verschwundenen Gefährtin und A. selbst nicht das Unrecht antun, so zu tun, als wüsste ich nicht, worauf diese Anzeichen hindeuteten: dass mein Freund in eine Spirale des Schmerzes geraten war, die den Umgang mit ihm letzten Endes unerträglich gemacht hatte. Ich durfte nicht über das hinwegsehen, was man ihm anlastete, nicht nur der Redlichkeit wegen, sondern aus Achtung vor jener Wahrheit, die er über alles stellte, nämlich seine Liebe zu ihr, und die mich entschieden davon abhielt, wäre ich je dazu versucht gewesen, sie zu verurteilen. Nur, dass mich diese über jeden Zweifel erhabene Liebe zwang, die Gründe für die Verirrung, die ihn wohl in Schüben von ihr entfernt und sogar dazu gebracht hatte, sie zu bekämpfen (und das hieß auch, sich von sich selbst zu entfernen und gegen sich selbst zu kämpfen), in dem Leid zu suchen, das ihm die stumme Einsamkeit vermutlich zugefügt hatte, in die sie sich einschloss, und in der Tatsache, dass sie sich ihm entgegen dem äußeren Anschein immer weniger und zuletzt gar nicht mehr aussetzte. Vielleicht hatte er dieses Ende sogar vorausgesehen oder zumindest geahnt, dass die Bitterkeit, die sie ihm einflößte, nur noch zunehmen würde, und er beeilte sich, dem Unglück zuvorzukommen, das er kommen sah. Oder vielleicht waren diese Wutanfälle, diese Ausbrüche auch die allerletzten, irrwitzigen Versuche, eine Schieflage in der Liebe mit den zweifelhaftesten Mitteln wieder ins Lot zu bringen wie jemand, der bei dem Versuch, eine Uhr zu reparieren, die Geduld verliert, sie zuletzt auf den Boden schleudert und damit ihre ausgeklügelte Mechanik unwiederbringlich zerstört.

Hurriya wusste nichts Genaues über die Katastrophe, die A.s Leben zugrunde gerichtet hatte. Er hatte ihr kaum etwas anvertraut, und sie hatte auch nicht nachgefragt. Sie wusste nur, dass ihn eine Frau verlassen hatte und dass die Welt in seinen Augen die vielen Anstrengungen nicht mehr rechtfertigte, die er aufbringen musste, um sich am Leben zu halten. Denn, sagte sie, diesmal unter Verwendung einer anderen Art von Metapher, das Leben war für ihn so schwierig und so ermüdend geworden wie für einen Fisch, den man aus dem Wasser gezogen hat und der an der Luft erstickt, die wir atmen. Ihrer Meinung nach hatte er mit dem Trinken angefangen, weil das, was ihm wichtiger geworden war als alles andere, nämlich sein Leben mit der jungen Frau, von Anfang an durch irgendetwas, irgendeine geheime Verletzung, brüchig und zum Scheitern verurteilt gewesen sei. Daher sei, was zunächst nur die sichtbare Folge einer verborgenen Verzweiflung war, die ihren Ursprung in einer ständigen Angst vor Trennung hatte, wie sie gerade in den liebevollen, diese Trennung scheinbar ausschließenden Worten und Gesten gegenwärtig war, plötzlich zum Vorwand oder zur letzten Ursache für die Trennung geworden. Zu dieser Überzeugung war sie durch eines der wenigen Bekenntnisse gelangt, mit denen A. eines Morgens aufwartete, als sie ihm das Frühstück brachte und er mit der Stirn an der Fensterscheibe lehnte, hinter der es allmählich hell wurde – es war die Stunde, in der von den Laubhaufen im Park eine Art fliederfarbenes Leuchten auszugehen schien, während die weißen, von den Ästen der Bäume wie von einer Maserung überzogenen Fassaden der Villen mit ihren geschlossenen Fensterläden im fahlen Licht eine Kulisse bildeten, in der etwas von Rückzug lag, die ihn, wie er ihr sagte, an eine Kriegslandschaft erinnerte. Offenbar hatte er geweint. Können Sie verstehen, dass man bekriegt, was man liebt?, hatte er sie gefragt. Und als sie die Frage verneinte, hatte er ihr geantwortet, die Frau, die ihn verlassen habe und deren Verlust ihn in den elenden Zustand gebracht habe, in dem er sich befinde, habe beständig versucht, ihm zu entkommen, und zwar im selben Maße, wie sie ihn geliebt habe.

So hatte sie sich und ihn vom ersten Tag an gequält und aus der Heftigkeit ihrer Leidenschaft eine krankhafte, masochistische Energie gezogen, mit der sie ihrer Liebe jede Zukunft absprach. Und diese Perversion der Liebe war so eigenartig und letztlich so morbide, dass er sich manchmal gefragt hatte, ob sie sich in dem Moment, als sie ihn verlassen hatte, nicht eingebildet habe, mehr denn je in ihn verliebt zu sein, auch wenn sie es tatsächlich nicht war, da es die einzige Art und Weise war, in der sie Liebe empfinden konnte, und die bestand darin, dem Objekt ihrer Liebe jede Wirklichkeit, jede körperliche und materielle Existenz zu nehmen. Anlass zu diesem Verdacht, so abwegig er auch schien, gab ihm, wie er ihr gesagt hatte, die Beharrlichkeit, mit der sie, selbst als sie das lebendige Band, das sie vereinte, endgültig durchschnitten hatte, gegen seinen ausdrücklichen Wunsch alle in den Jahren ihres Zusammenlebens gesammelten Erinnerungen an ihn aufbewahrte – Fotos, Briefe, Gedichte, Geschenke, die er von Reisen mitgebracht hatte, am Wegrand gepflückte und dann getrocknete Blumen, winzige, mit Glimmer überzogene, bisweilen unmerklich getigerte Muscheln, die alle das Andenken an lange friedliche Stunden bewahrten, in denen sie Hand in Hand bei Ebbe auf dem feuchten Spiegel des Watts spazieren gegangen waren (sie hatte ihr schwarz-weiß kariertes Kleid getragen), und die an die Tausenden von ungleichmäßigen Schritten im Sand erinnerten, deren Spuren, die einen schwach, die anderen tiefer, das Wasser ausradiert hatte und die man nie wieder nebeneinander sehen würde –, während er nicht eher zur Ruhe gekommen war, als bis er all jene Gegenstände weggeworfen oder verbrannt hatte, die ihm solche Stiche versetzten, dass es ihm andauernd das Herz zerriss. Es war zu seinem Schrecken so gewesen, als hätte sie ein intimes Mausoleum errichten wollen, eine Art Begräbnisboot, in dem er als Abwesender, umgeben von den Überresten eines verflossenen Lebens, bis in alle Ewigkeit segeln würde.

Er habe etwas von diesen seltsamen Dingen geahnt, sagte er, von diesen Anschlägen auf das Leben, musste jedoch zugeben, dass er nicht wusste, ob seine Interpretation die richtige war, vielleicht hatte er sie nur favorisiert, weil darin die Erinnerung an ihre Geschichte, zumindest an das Alltägliche, bewahrt blieb, doch möglicherweise gebe es andere, viel gewöhnlichere Erklärungen, etwa die, dass ihr bewusst geworden sei, dass sie nicht nach Leidenschaft, sondern nach Bequemlichkeit strebte, und diese Entdeckung habe sie unter der Maske einer vorgetäuschten Neurose verborgen. In Wahrheit würde ihn das hartnäckige Schweigen, in das sie sich früh gehüllt hatte und das A. nun aus Erschöpfung, aus Abscheu nicht einmal mehr brechen wollte, für immer daran hindern, herauszufinden, ob er von einer extrem komplizierten, zerrissenen und gekränkten oder im Gegenteil von einer ganz und gar platten bourgeoisen Seele verraten worden war. Und es könne durchaus sein, dass er aus Unfähigkeit, seinen allzu stürmischen und jähzornigen Charakter im Zaum zu halten, seine Überspanntheit und Herrschsucht einzudämmen, aber auch durch ein Übermaß an Vertrauen, das aufgrund der Macht, die er über sie hatte, an Egoismus und Eitelkeit grenzte, der Schmied seines eigenen Unglücks gewesen war. Es könne durchaus sein – und dieser Gedanke war ein kleiner Kummer innerhalb des viel größeren Kummers, der ihn dahinraffte –, dass er blind und letztlich schwach gewesen war: Denn wenn es eine Schwäche sei, nicht an sich zu glauben, so sei es eine andere und weitaus lächerlichere, niemals an sich zu zweifeln.

Das entsprach genau den Hypothesen, die ich nahezu ohne Grundlage aufgestellt hatte. Ich war überrascht, aus dem Mund dieses traurigen Mädchens zu erfahren, dass sie keineswegs absurd waren und dass A. selbst anscheinend keine besseren hatte aufstellen können als ich.

8

Diese Übereinstimmung zwischen meinen Mutmaßungen und den tatsächlichen Gedanken meines Freundes weckte in meinem Innern den Wunsch, mir vor Augen zu führen, wie er gelebt hatte. Ich fragte Hurriya nach dem Tagesablauf in der Klinik. Und staunte, wie eintönig, fast friedvoll ihrer Beschreibung nach die Zeit verging. Um acht Uhr wurde er wie alle Bewohner zum Frühstück geweckt, das sich bei ihm in die Länge zog, da er mit den letzten Tassen Kaffee die ersten Zigaretten rauchte, während er zusah, wie über den Fassaden der Villen und den Haufen welker Blätter der Himmel zwischen den dunklen Ästen der Bäume verblasste, und dabei Musik hörte. Mindestens zwei Titel davon kannte Hurriya, weil er ihr die Schallplatten bei seiner Abreise überlassen hatte, nämlich *Così fan tutte* und die Sonate für Klavier und Violine von César Franck. Dann ging er ein Stockwerk nach oben, um zu duschen, in die geschlossene Etage, die so genannt wurde, weil man sie ohne einen Spezialschlüssel, den nur die Ärzte und Krankenschwestern hatten, nicht betreten konnte: Er musste klingeln und mit dem Handtuch über dem Arm, der Seife in der Hand, auf den letzten Stufen des Treppenhauses warten. Es war die Waschzeit, jene Stunde, die dem Wasser gewidmet ist, das über den von der Untätigkeit und der Wirkung der Medikamente etwas erschlafften, leicht aufgedunsenen Körper rieselte und den Schweiß und die Albträume der Nacht wegspülte, die Stunde des Wassers und des Lichts, das aufstieg wie der Saft in den dunklen Bäumen, meistens aschfahl und von Schnee durchwirkt, manchmal aber auch durchzuckt von blauen oder safrangelben Blitzen. Es war der Moment, so erzählte mir Hurriya, in dem A. sich fast glücklich fühlte, als würde er gleich wiedergeboren werden wie das Wasser, das immer fließt, wie die Bäume, deren Blätter schon austrieben, wie der Tag, der unaufhörlich seine Seide spinnt, unaufhörlich die Helligkeit hinter dem ins Dunkle ragenden Himmelswagen herzieht: Dann erfüllte ihn jene Urfreude, die auf den Himmelskörpern beruht, von nichts Menschlichem abhängt, die man schlicht genießen kann, ohne an irgendetwas zu denken, ohne irgendetwas anderes wahrzunehmen als diesen gewaltigen und sanften Wechsel. Es war auch die Stunde, in der er die Spatzen mit kleinen Butterstückchen fütterte, die er auf die Brüstung des Balkons legte. Und die Vertrautheit, die er mit diesen leichten, fast schwerelosen Geschöpfen allmählich erlangt hatte, flinken, gefiederten Pfeilen, die ohne Gedächtnis durch eine ewige Gegenwart schossen, ließ ihn für einen Augenblick den Schrecken der schweren, trägen Materie vergessen, in der er glaubte zu versinken und unterzugehen.

Der Rest des Vormittags gehörte der Infusion. Vom Bett aus beobachtete er die unmerklichen Veränderungen auf dem Bild, das vom blauen Rechteck des Fensters gerahmt wurde: ein Blatt, das sich löste und hinabschwebte, ein Vogel, der im Zickzack schnell zwischen den Ästen umherflog, eine schleichende und kontinuierliche Veränderung des Lichts. Bei der Betrachtung dieser winzigen Dinge konzentrierte er sich darauf, ihnen seine höchste, umfassende Aufmerksamkeit zu schenken, ebenso wie dem Tröpfeln des Anafranil, das in der über seinem Kopf hängenden Flasche mit jedem Tropfen funkelnde Kreise erzeugte. Manchmal notierte er sich etwas in ein Heft, das auf seinem Schoß lag, und wenn die Infusionsnadel in seinem rechten Handrücken steckte, weil die Venen des Unterarms zu blau und verhärtet waren, sah es so aus, als würde das Antidepressivum direkt durch seinen Stift auf das Blatt fließen. Aber die meiste Zeit las er, bis ihn Müdigkeit übermannte.

Nachmittags besuchten ihn Freunde. Ich war froh, als ich hörte, dass man A. keineswegs sich selbst überlassen hatte, sondern er der Patient war, der am meisten Besuch erhielt. Mit den Männern und Frauen, die zu ihm kamen, spazierte er, stets in Schwarz gekleidet, leicht gebeugt und die Hände in den Taschen, immer eine brennende Zigarette im Mund, über die Wege des Parks, und manchmal hielt er inne, um in einem kleinen Notizbuch irgendetwas über die Rinde oder das Verrotten des Laubs oder den Flug der Wolken und der Vögel zu notieren, wie er Hurriya erzählte. Oft schneite oder nieselte es, oder ein eisiger Nebel hing in milchigen Schwaden zwischen den Bäumen, aber das hielt ihn nicht von einem Spaziergang ab. Bei Einbruch der Dunkelheit begleitete er seine Besucher zum Tor, wo er lange stehen blieb, ihnen hinterhersah, wie sie die Straße zum Bahnhof hinuntergingen. Und er winkte ihnen zum Abschied, wenn sie sich umdrehten, so wie er früher seiner abreisenden Geliebten Küsse hinterhergeschickt hatte und so lange wie möglich neben dem Zug, der sie fortbrachte, den Bahnsteig entlanggelaufen war oder ihr am Morgen, wenn sie die Treppe hinunterging, hinterhergeblickt hatte, bis sie aus dem Haus war. Und weil ich es gesehen hatte, während ich auf Hurriya wartete, wusste ich, dass das Herrenhaus, das die Klinik beherbergte, mit all seinen strahlend blauen Fensterläden hinter dem dunklen Wall aus mit Eiskristallen besetzten Baumstämmen einem kleinen Petersburger Palast glich, zu dessen Außentreppe er in sternenfunkelnder Nacht vermutlich marschiert war, und ich hätte nicht sagen können, was mir Anlass gab, das zu glauben – abgesehen davon, dass ich seit den ersten Tagen meiner Rückkehr aus Afrika die Gewohnheit angenommen hatte, mich in seine mutmaßlichen Gedanken hineinzuversetzen, und abgesehen von den Besuchen, die er mir in sehr weit zurückliegender Zeit abgestattet hatte –, aber ich war mir sicher, dass er, wenn seine Schritte auf den Stufen der von zwei Fackelträger-Statuen beleuchteten doppelläufigen Treppe knirschten, seinen Blick träumerisch in die grauen Augen einer Anna Karenina versenkte, die im Vestibül unter einer Kette von Neonleuchten auf ihn warten würde, wo sie seit Langem den großen flackernden Kronleuchter vor dem Büro des Chefpsychiaters ersetzte.

Dann begannen nach einem mittelmäßigen Abendessen, das in Blechschüsseln serviert und mit Leitungswasser heruntergespült wurde, die schrecklichen Nachtstunden, in denen A. versuchte, die alte Vertrautheit mit Wörtern wiederzuerlangen, bevor man ihm gegen elf Uhr mit Tabletten in den Schlaf half. Denn, so erzählte er Hurriya, selbst die Worte hätten ihn verlassen. Seit seiner Jugend war er es gewohnt, mit ihnen zu leben, mit ihnen zu ringen, mal ihre Mähne zu ergreifen und sie zu zwingen, sich der von ihm gewählten Form zu beugen, mal sich von ihnen überwältigen, unterwerfen zu lassen: Jetzt trafen seine Hände, seine Muskeln, sein Körper, seine Gewitztheit auf nichts mehr, dem er etwas entgegensetzen konnte, er wurde von seiner eigenen Kraft zu Boden gerissen, nachdem er nur ein Vakuum umklammert hatte. Ich verwende hier bewusst Boxmetaphern, weil ich glaube, dass Worte auch eine Sache des Körpers sind. Wenn man um sie ringt, stellt man sie mit dem ganzen Gewicht der Brust, der Schultern, der Hüften auf die Probe, mit der Schnelligkeit der Beine und Arme, mit der sehnigen Geschmeidigkeit der Knöchel, der Handgelenke, des

Halses, mit allem, was der Geschlechtstrieb dieser Maschinerie an Ernst und unendlicher Freude hinzufügt. Es ist doch so, dass Weicheier diesem Kampf aus dem Weg gehen. Aber die Worte reagierten nicht mehr auf seine Rufe, sie stellten sich nicht mehr, nahmen die Herausforderung nicht mehr an, sie überließen ihn einer ausgesprochen trostlosen Einsamkeit. Den geringsten Satz zu schreiben, der über eine bloße Feststellung hinausging, war für ihn zur Qual geworden; stundenlang blieb er stumpfsinnig, mit zittriger Hand vor dem leeren Papier sitzen, ein Versagen in dem Moment, in dem die Worte hätten sprudeln sollen und früher gesprudelt waren wie ein schillernder Bach, in dessen silbriges Wasser seine Finger einzutauchen genügt hätte, um schöne, nachtblaue oder mondgelbe oder regenbogenbunte Fische an den Kiemen herauszuziehen, wie Hurriya sich erneut mit bäuerlichen Metaphern ausdrückte, während das stehende Gewässer den ängstlichen Fingern nur noch verweste Abfälle überließ.

Sein Haar fiel büschelweise aus, erzählte mir Hurriya noch in dem Lokal, vor dessen Fensterscheiben es zu schneien begonnen hatte, die Brasserie »Gottes Gnade« und ihre Umgebung versanken im blassen Tumult des Schneegestöbers, die Häuserfassaden verschwammen, die Verzweigungen der Äste erschienen flacher, die Bürgersteige, auf denen Damen in Pelz ihre Pudel zum Pinkeln ausführten, waren von Schnee überzogen. Es sei jedes Mal, scherzte er traurig, als wären ein paar Hundert Drähte, Stecker und Kabel aus seinem Gehirn herausgerissen worden, eine Vielzahl von Verbindungen, durch die mit den Worten auch Gefühle und Erinnerungen verloren gingen, an die Beschaffenheit der Haut, an die etwas zu spitzen Schultern, an die Augenfarbe, die schmalen Hüften, die narbigen Knospen der Brüste, an das Aufeinanderschlagen zweier Zähne und die Zungenspitze zwischen den Lippen, an die Seufzer und Schreie, das gelockte Schamhaar, an eine Art, sich auszuziehen, an die glückliche Erschöpfung nach dem Liebesakt, wenn sich die Körper aneinanderschmiegten, an die gebrochene Stimme und andere Dinge, die trotz allem ihr kleines Geheimnis blieben, Erinnerungen an alles, was die wunderbare Fremdheit ausmacht, alles, was dem Leben seine strahlende Tiefe verleiht.

9

Ich glaubte die Qualen zu kennen, die er gelitten hatte, nur hatte ich sie in jüngeren Jahren durchgemacht, und das war mein Glück. Solange man noch voller Kraft ist, widersteht man fast allem. Bei meiner Flucht aus dem Land, in dem so viele Orte mit glücklichen Erinnerungen verbunden waren, die sich dann in Sinnbilder des Unglücks verwandelten, war ich einfach nur an Bord eines Schiffes zum Roten Meer und in den Indischen Ozean gegangen. An ihren Ufern war die Traurigkeit Olympios nicht zu befürchten. Ich erinnerte mich, dass mir der Schmerz zu jener Zeit so vorkam, als könnte er nicht größer sein, und trotz meiner damaligen Unerfahrenheit hatte ich mich nicht geirrt, es passierte mir tatsächlich nie wieder, dass ich so zerrissen wurde.

Selbst der Tod von Freunden und Verwandten zerstört einen nicht so sehr wie der Verrat. Der Tod lässt den innersten Kern des Lebens unversehrt, wo die Gewissheit, man selbst zu sein, ihren Ursprung hat. Er bewahrt die Spuren, Fotos, Briefe, Kleider, Haarlocken, durch die immer wieder etwas vom Glanz vergangener Tage auflebt: ein verblasstes Bild, das dennoch bescheiden und zärtlich an sie erinnert und uns nicht zwingt, uns mit Grauen von ihnen abzuwenden. Der Verrat hingegen verschont nichts, nicht einmal die Vergangenheit, deren Bedeutung er völlig umkehrt und vergiftet: das Restaurant, in dem man zum ersten Mal zusammen gegessen, sich verwundert und ungläubig entdeckt hat, ohne es zu wagen, einander lange anzuschauen, wo man nie gemeinsam vorbeiging, ohne durch einen leichten Druck mit den Fingern auf die gemeinsamen Erinnerungen aufmerksam zu machen, und in das man manchmal zurückkehrte wie für eine intime Feier, bei der sich jeder an die unbeholfenen Worte erinnerte, die man zum anderen gesagt hatte, an die Verwirrung, die einen erzittern ließ – doch nun muss man einen Bogen um dieses Restaurant machen wie um einen verfluchten Ort, muss die Straße meiden, in der es liegt, und schon wenn davon die Rede ist, steigen einem Tränen in die Augen. Die süßesten Worte, die die einfachsten Dinge bezeichnen, sind nun wie Messerstiche: die Terrasse des Hauses, auf der man im Sommer gern saß, die Erinnerung an die Morgendämmerung hinter den Fensterläden, das Lichtspiel der Wellen, die sich an der Schlafzimmerwand spiegelten, während man hörte, wie das Holz aneinanderstieß, das vom Ablegen der Boote kündete, ihr auf dem Kissen ausgebreitetes Haar, der Geschmack und die Salzspuren auf ihrer Haut nach der Rückkehr vom Strand und die Wasserflaschen, mit denen sie das Salz von ihrem Körper abspülte.

Ein Zug, der wo auch immer mit quietschenden Rädern in den Bahnhof einfährt, bricht einem das Herz, wenn man sich daran erinnert, wie man einst hinter einer Säule des Bahnsteigs versteckt auf sie gewartet hatte, damit nach einer anfänglichen Enttäuschung die erste Umarmung umso leidenschaftlicher ausfiel. Das Einzige, was von ihr übrig bleibt, ist also der ganze Schatz an Bildern, an süßen, verinnerlichten Gewohnheiten, die man mühselig zerstören, für immer zerstreuen muss, wenn man überleben will, während es bei Toten einen imaginären Raum gibt, in dem wir ihnen weiterhin begegnen. Fortwährend muss man selbst den Pflug führen, Salz auf das Gelände streuen, das einmal die Stadt war, die man gemeinsam gegründet und bewohnt hat, immer wieder aufs Neue vernichten, was man hatte aufbauen wollen, wo man gern geblieben wäre. Es betrifft selbst den Körper der geliebten Frau, für den man gestorben wäre, den zu vergessen man beharrlich lernen muss, von dem die eigenen Augen, die Finger, der Mund, die Haut, das Geschlecht, alle Teile, jedes Quäntchen des eigenen Körpers Erinnerungen bewahrt haben, die man zerfallen und verwesen lassen muss wie Leichen.

Der Tod fixiert außerdem für immer die Gesichtszüge, Worte und Haltungen, während man mit Schrecken ahnt, dass sich das Bild derjenigen, die einen verlassen hat, mit jeder Sekunde unmerklich verändert, sie sich von derjenigen entfernt, die man geliebt hat, dass ihr Worte über die Lippen kommen, die einem fremd an ihr sind, dass ihr Gedanken durch den Kopf gehen, die einen nicht einschließen und von denen man nie etwas erfahren wird. Man weiß, dass diese unvermeidliche Entfremdung von ihrem beharrlichen Willen verursacht ist, nicht von einem Fluch oder einem widrigen Schicksal. Man weiß nicht mehr, wo sie wohnt, man will es nicht mehr wissen, und so ist es, als wäre einem die ganze Stadt rätselhaft geworden, Ort eines umfassenden und fortwährenden Hinterhalts, wo an jeder Straßenecke der Schrecken lauern kann, derjenigen zu begegnen, die sich entschieden hat, zu einer Unbekannten, Fremden, Unsichtbaren zu werden, die einen nicht mehr kennt, nichts mehr von einem versteht. Man vermutet, dass sie vielleicht ihre Frisur geändert hat, dass sie bestimmt Kleider gekauft hat, die man sie nie tragen, nie ausziehen sehen wird, die sie im Gedanken daran gekauft hat, dass andere sie darin sehen werden, dass andere sehen werden, wie sie sie auszieht. Verblüfft stellt man fest, dass es sie nicht verletzt oder kränkt.

Allein die Tatsache, dass man nicht dabei ist, dass man es sich nicht einmal vorstellen kann, verstärkt jeden Augenblick den Verrat und den Trennungsschmerz, der einem zugefügt wurde. Und das wirklich verzehrende Paradoxon dieses Schmerzes liegt darin, dass er einem von der Person zugefügt wird, die einem am nächsten stand, an die man sich gewandt hat, um Trost zu finden, als es nirgendwo welchen gab, die bei einem blieb, wenn alle anderen einen verlassen hatten. So sehr wird die Seele von der Gewohnheit bestimmt, dass sie wie ein von Schlägen trunkenes Tier mechanisch fortfährt, ausgerechnet von der Seite Trost zu erwarten, die, einst Stütze und Freude, nun zu ihrem Henker geworden ist.

Ich erinnerte mich an fürchterliche Nächte, die ich in der erstbesten Bar stumpfsinnig damit verbrachte zu trinken, um nicht in das Haus zurückzukehren, das nur noch ihre Abwesenheit beherbergte. Ich erinnerte mich an den blauen Zigarettenqualm, der sich um meinen Hals schlang und dann unter den Lampen gerade zur Decke aufstieg wie ein Henkersseil. Ich erinnerte mich an die zitternden Hände, an das Brummen im Kopf, als hätte sich ein Bienenschwarm in ihm niedergelassen. Ich erinnerte mich an das sich kräuselnde, schwarz schillernde Wasser im Rinnstein, als ich die Bar endlich verließ, in mein Auto stieg und wie ein Verrückter und oft mit ausgeschaltetem Licht durch die Nacht fuhr, quer durch die Stadt, dann auf nassen Autobahnen, wo Sattelschlepper rote und weiße Kometenschweife hinter sich herzogen, die mich daran erinnerten, wie sie ihren Kopf auf meinen Schoß gelegt und ich ihn beim Fahren sanft gestreichelt hatte, und als wir in Urlaub fuhren, küsste sie immer wieder meine Finger. Ich erinnerte mich gleichwohl an die verrückte Hoffnung eines frühen Morgens, nachdem ich vergessen hatte, eine Lampe auszuknipsen, und deshalb im Morgengrauen unter dem leuchtenden Fenster für einen Moment glaubte, sie sei zurückgekehrt. Ich erinnerte mich an Tage, an denen ich am Telefon eine Zigarette nach der anderen rauchte, an das Herzklopfen, wenn es an der Tür läutete, wenn auf der nächtlichen Straße ein Taxi langsam vorüberfuhr, an die Zeit, die vergehen musste, bis sich diese Schimären endlich verflüchtigten, an die noch trostlosere Einsamkeit, in die mich ihr Verschwinden stürzte.

Und selbst wenn man meint, es sei einem durch eine ungeheure Anstrengung gelungen, die Erinnerung ein wenig von sich fernzuhalten, indem man seinen Geist unablässig von dem leert, was unablässig wieder zurückkommt und in ihn einzudringen versucht, indem man ihn blindlings mit irgendetwas füllt, mit irgendeinem dummen Zeug statt mit dem, was ihn zerreißt und zerstört, ist man noch nicht fertig damit: Denn plötzlich hält man sie mitten in der Nacht in den Armen, vereinigen sich die Körper und frohlocken wie nie zuvor, erkennt man ihre Zunge, ihre Zähne, das Haar, das man beim Küssen ihres Halses zwischen die Lippen bekam, die Vertiefung an ihren Lenden und ihre Beine, die sich um die eigenen schlangen, und das leise Schnurren, das sie von sich gab, wenn man Dinge wagte, die ihr nicht ganz gefielen; oder man steht zusammen am Ende eines Kaps, man sieht ein großes Schiff mit Schlagseite, dessen Masten Schatten sind, ein Geisterschiff, sie sagt, sie wolle den Sonnenaufgang sehen, und auf einmal hat man furchtbare Angst, der heraufziehende Tag könne einen von ihr trennen, Angst davor, dass sie will, dass man fortgeht, während sie allein vor dem rosenfingrigen Morgen zurückbleibt; doch nein, sie möchte, dass man noch ein wenig bleibt, und dann beginnt man weinend, auf Knien, sich zu lieben. Oder aber …Gott, wie lange es dauert, bis man schweißgebadet und mit steifem Glied begreift, dass es ein Traum war, und wie schrecklich die Stunden danach sind, bis eine barmherzige Müdigkeit einen endlich schlafen lässt!

Ich weiß, was der Tod bedeutet, man ahnt, dass ich ihm bis zu diesem Punkt meines Lebens mehr als einmal begegnet bin, und ich behaupte, dass er einen innerlich bei Weitem nicht so zerbricht, wie verlassen zu werden. Zudem hat er die schreckliche Süße des Unwiderruflichen: Es ist sinnlos, sich gegen ihn aufzulehnen, ihn zu bitten, seine Entscheidung rückgängig zu machen. Wohingegen die Entscheidung, einen zu verlassen, von einem Menschen getroffen wurde, und zwar von dem, der einem nichts Böses wollte, der einem vielmehr Gutes wünschte, alles erdenkliche Gute, wie man dachte, nämlich von jenem Menschen, der einen liebte. Und das ist ein so unerhörtes Vertauschen von Gut und Böse, eine so unfassbare Umkehrung der Rollen, dass der panische Verstand sie nicht begreifen, geschweige denn sie zulassen kann und sich im vergeblichen Glauben erschöpft, die Entscheidung würde rückgängig gemacht und die aufgelösten Bande würden von Neuem geknüpft werden. Denn ein Wort von der Person, die gar nicht genug süße Worte für einen gehabt hatte, ein zärtlicher Gedanke von ihr, die sich um einen gesorgt hatte, als wäre man ihr größter Schatz gewesen, würde genügen. Kann es sein, dass diese Person einen mit ihrer Entscheidung jetzt beinahe umbringt und dennoch ihren Weg weitergeht, dass kein Wehklagen sie mehr rührt? Kann es sein, dass die schreckliche Wunde, die diese Person einem zugefügt hat, sie gar nicht belastet, nachdem sie sich einst um das kleinste Übel sorgte, das einem hätte zustoßen können? Ist das die Person, deren kleinsten Kratzer, deren Krämpfe, die sie oft lähmten, man morgens mit Küssen linderte?

Und in gewisser Hinsicht fragt man sich all das zu Recht, geht man doch von einer Kohärenz zwischen Vergangenheit und Gegenwart aus. Nur darf man jetzt das, was ist, nicht mehr für ausgeschlossen halten angesichts dessen, was war, sondern muss den entgegengesetzten Denkschritt machen, so paradox und ungerecht er auch erscheinen mag: Was ist, hebt alles auf, was gewesen zu sein schien. Was geschieht, ist die Wahrheit dessen, was im Verborgenen schon immer geschehen ist. Das gilt zumindest in den extremen und deshalb schönen Fällen des Krieges und der Liebe, für die man übrigens nicht umsonst dasselbe unerbittliche Wort Verrat benützt: Wer seinen Kameraden unter Beschuss im Stich lässt, wer ihn der feindlichen Polizei übergibt, hat ihn schon immer verraten, war schon immer ein Feigling und Spitzel. Und bei Liebenden ist und war derjenige, der den anderen plötzlich wie einen toten Krieger in der *Ilias* niedergestreckt und gebrochen im Staub zurücklässt, schon immer ein Hurensohn oder die große Hure von Babylon. So ist es nun mal.

Das waren jedenfalls meine Lehren aus der Liebe. Ich war, wie gesagt, jung. Aber ich hatte nur noch kurzzeitige Damenbekanntschaften. Damit sind nicht unbedingt Prostituierte gemeint, und selbst das war selten der Fall: Sie warteten einfach nicht darauf, dass man ihnen Geschichten erzählte. Eine Fähigkeit von mir, die darin bestanden hatte, zu glauben und glauben zu lassen, war unwiederbringlich verloren gegangen. So hatte ich schweigsame Liebschaften, die zwischen den Hafenstädten Port Said und Maputo verteilt waren. Eine von ihnen rauchte Pfeife, eine andere besaß einen gezähmten Python, eine Dritte hatte es geschafft, die *Liaisons dangereuses* in englischer Übersetzung zu lesen. Das sind Erinnerungen. Und dann war da noch meine Braut aus den Wracks. Ich hatte meine Ansprüche in Sachen Glück zurückgenommen. Kurzum, ich war vorzeitig gealtert, während A. bis zuletzt ein alter Jüngling geblieben war, was ihm zum Verhängnis wurde.

10

Ich hatte ein Zimmer in einem mäßig luxuriösen Hotel im Quartier Latin genommen. Es gab keine Straße, kein Stück Gehweg, das mich nicht an die alten Zeiten erinnert hätte und zugleich daran, wie fern sie inzwischen waren, fast so legendär wie die Tage der Pariser Kommune oder des Juni 1848. Das Straßennetz war dasselbe geblieben, orientierte sich nach wie vor an der Fontaine Saint-Michel, der Sorbonne, dem Odeon-Theater, dem Jardin du Luxembourg, dem Panthéon und der Bibliothek Sainte-Geneviève, der École Normale Supérieure … Und innerhalb dieser fest umrissenen Fläche war anscheinend alles mühsam abgerissen und Stück für Stück durch etwas Neues, durch modischen Firlefanz ersetzt worden. Wo ich mich an eine Buchhandlung erinnerte, befand sich nun eine Boutique, ein altes Café war einem Fast-Food-Restaurant gewichen, die Türen, die sich einst in kühle Innenhöfe öffneten, waren nun alle elektrisch verriegelt. Dabei waren die Innenhöfe nichts Unbedeutendes: Sie boten Schutz vor der Polizei, man konnte sich in ihnen verstecken, um hemmungslos die Zärtlichkeiten auszutauschen, die die ersten Küsse erfordern, oder ganz einfach in ihnen flanieren. Es gab nichts mehr bis auf die schäbigen kleinen Restaurants in den Gassen um Saint-Séverin, die, zu Touristenlokalen geworden, immer noch klein und schäbig waren.

Das Paris, in dem wir aufgewachsen waren, glich noch immer dem zu Anfang des Jahrhunderts, man sah Polizisten in Pelerinen, die sich mit Trillerpfeifen die Lunge aus dem Hals bliesen, und Busse mit offener Plattform, die losfuhren, wenn der Schaffner an einer Kette zog, die auf irre Art an die Kette einer Klospülung erinnerte. Die Métro hatte rote und grüne Waggons und Holzbänke, man kam sich ein wenig vor wie in einem Seebad, der Fahrer drückte inmitten eines Funkenregens Hebel mit Porzellangriffen nach unten, in den Tunneln hingen »Dubo Dubon Dubonnet«-Werbeplakate an den Wänden, es gab Schaffner, die unter weiß gekachelten Gewölben Fahrkarten knipsten, Briefträger auf Fahrrädern und Schleppkähne auf der Seine wie auf einem Gemälde von Albert Marquet. Das Kopfsteinpflaster ließ die Straßen so schuppig aussehen wie Sardinen, Fabriken, die Ströme von Proletariern in Blaumännern einsogen und wieder ausspuckten, streckten ihre Drachenrücken in den Himmel, und das mitten in der Stadt, die sowohl industrieller als auch ländlicher war, denn ich glaube auch, dass es mehr Bäume gab, und auf den kleinen Plätzen hörte man das Murmeln des Wassers in den Wallace-Brunnen. Die Seine floss noch nicht zwischen Autobahnen, und die zwanzig Arrondissements waren noch nicht von der Ringautobahn eingeschlossen wie eine Betonarena.

Mag sein, dass meine Abgeschiedenheit, meine abschüssige Lebensbahn mich nunmehr dazu verleiten, mit übertriebener Selbstgefälligkeit an all das zurückzudenken, was die Zeit ausgelöscht hat. Dennoch ist es, glaube ich, nicht eitle Nostalgie, die mich diese Veränderungen heraufbeschwören lässt. Sie mussten mir unvermeidlich auffallen, als ich nach einem Vierteljahrhundert an diese Orte zurückkehrte. Jetzt aber, da ich wieder und bestimmt für immer in weiter Ferne von ihnen lebe, unter dem brutalen Dampfhammer der Sonne Afrikas, fließen mir diese Eindrücke aus der Feder, weil ich das Gefühl habe, sie hätten in irgendeiner Weise in dem Brief vorkommen sollen, den ich versuche, so gewissenhaft wie möglich zu rekonstruieren. Denn dieses Paris aus Schwarz-Weiß-Fotografien, das die Ferne vernebelt, war eine Landschaft, die er kannte, er war von ihr geprägt worden, aber sie nicht. In diesem Fall zählt nicht die Landschaft selbst, sondern die Geschichte, die in ihren Linien und Flächen vibriert, der Widerhall davon in ihren Schluchten – das, was die materielle Gestalt einer Stadt vom Geist einer Epoche bewahrt und ausdrückt. Denn eines konnte man im Paris unserer Jugend noch behaupten: dass es noch ein Volk gab. Namen wie Charles Péguy oder Marc Bloch, Jacques Decour oder Jean Cavaillès waren noch nicht völlig unzeitgemäß geworden. Was nicht heißen soll, dass wir auf einer Höhe mit diesen Namen waren: Es ist nur so, dass sie uns etwas bedeuteten, dass sie ein bedeutender Teil unserer Kultur waren. Als ich aufs Geratewohl die Straßen entlangging, die Menschen im Vorbeigehen beobachtete und, besonders abends, in aller Ruhe sah, was aus der großen, zugleich universellen wie intimen Landschaft geworden war, dieser großen, schillernden Leinwand von Bildern, die sich überall ausgebreitet hatte, in jeden Winkel gefaltet war, die alles einebnete und verdeckte, begriff ich nach und nach, aber auf unmissverständliche Weise, dass es mit all dem vorbei war, dass es nicht mehr um Geschichte und auch nicht um Moral oder, um die Wahrheit zu sagen, ernsthaft um Politik ging, sondern dass diese Dinge aus der Mottenkiste unser Alter eher verrieten als unser ergrauendes Haar.

Wir dürfen nicht wie Péguy sagen, wir seien Helden gewesen. Es stimmt nicht, denn unsere Leidenschaft wurde fehlgeleitet, der edle Wille, mit dem wir uns in den Fluss der Geschichte werfen wollten, wurde durch Dummheit korrumpiert, und dumme Helden gibt es in der Wirklichkeit nicht. Die Selbstlosigkeit und der Mut, die darin lagen, sich in eine Tradition zu stellen, gingen durch die Dummheit verloren, die es auch braucht, um eine Tradition zu wahren und endlos wiederzukäuen. Die gemeinsame Unnachgiebigkeit und die naive Ernsthaftigkeit entschuldigen nicht alles. Die Freiheit zu sprechen, zu lesen, zu schreiben, zu urteilen, zu lieben, sich zu bewegen, zu wählen, nichts von all dem, was uns eine etwas längere und besser durchdachte Auseinandersetzung mit der Welt an ihr zu schätzen gelehrt hat, blieb von unserer seltsamen Wut verschont. Ich vergesse nicht, dass wir unser Erwachsenenleben damit begonnen hatten, uns unter allen Rechten zuerst das Recht auf Irrtum herauszunehmen. Wir waren nicht die Ersten, gewiss, aber diese schrecklichen Götzen, die andere vor uns angebetet hatten, waren, als wir antraten, um ihnen Opfer darzubringen (vor allem unsere Intelligenz), nur noch jene degenerierten, schäbigen und mafiösen Götter, die Borges in der Erzählung *Ragnarök* erwähnt. Das einleitende Paradox unseres Lebens, das ihm einen unauslöschlichen Stempel gegeben und es vielleicht mit einem Fluch belegt hat, den wir nie loswerden, besteht darin, dass wir so viel Kraft in den Dienst von Ideen gestellt haben, die auf so grausame Weise überholt waren. Niemals dürfen wir sagen, wir seien Helden gewesen; stattdessen sollten wir alle verspotten, die das behaupten, sie beschämen und ihnen aufzeigen, dass ihre Großtuerei der beste Beweis dafür ist, dass sie mit ihren Ideen falschliegen. Aber wir dürfen auch nicht vergessen, dass es unter uns ein blindes Streben nach Heldentum oder Heiligkeit gab, oder wie immer man es nennen mag, und wir dürfen nicht zulassen, dass man sagt, es sei nicht so gewesen. Andererseits können wir mit Charles Péguy, dem Autor von *Notre jeu-*

nesse, bestätigen, was die Besten von uns noch immer und mit jedem Tag mehr fühlen (die Spitzbuben, die Hampelmänner lassen wir außen vor, sie interessieren uns nicht), dass wir seit jenen Jahren von einer chronischen Angst beherrscht werden. Dass wir für immer auf Frieden verzichtet haben, besonders auf den Frieden, den man zum Ende dieses Jahrhunderts im Supermarkt kaufen kann.

Ich sagte, ich hätte versucht, den abgebrochenen Brief meines Freundes so getreu wie möglich zu rekonstruieren. Es ist schwierig, genau zu bestimmen, worin diese Gewissenhaftigkeit besteht, so plausibel scheint mir jede x-beliebige Interpretation einer Nachricht zu sein, die nur die beiden Wörter der Anrede enthält. Das entsprach aber nicht der Wahrheit. Ob er am Vorabend seines Todes erwogen hatte, mir zu schreiben, nachdem er mich fast fünfundzwanzig Jahre nicht mehr gesehen hatte, oder ob er schließlich darauf verzichtete, beides hatte eine Bedeutung, die der Bandbreite einer möglichen Rekonstruktion Grenzen setzte. Offensichtlich wollte er mir die Gründe für seinen Freitod erklären; abgesehen davon, dass ihn seine Gefährtin verlassen hatte, was der Hauptgrund dafür war, musste es auch mit dieser Unerfülltheit, dieser inneren Unruhe zu tun gehabt haben, die uns über die Jahre hinweg verbunden hatte. Und diese Gründe waren wohl sehr schwer zu entwirren, sodass seine Feder nach den beiden absolut banalen Worten

»Lieber Freund« gezuckt und er sich schließlich zum Schweigen entschlossen hatte.

Das Rätsel, das ich zu lösen hatte, ähnelte einem speziellen Schachproblem, bei dem ich, ohne die Position einiger wichtiger Figuren zu kennen, die genaue Abfolge der Züge rekonstruieren sollte, die zum Matt führen. Als ich allein in meinem kleinen Hotelzimmer im Quartier Latin darüber nachdachte, kam ich auf folgende Lösung: Diese sehr junge Frau, von der ich fast nichts mit Sicherheit wusste, außer dass sie eine elfenbeinfarbene Schönheit war, schwarz-weiße Kleidung trug und trotz der jahrelangen Beziehung und der glühenden Liebe, die beide offenbar füreinander empfunden hatten, stets den Eindruck erweckte, sie sei nur auf der Durchreise, diese Frau, die ich zu guter Letzt die Verschwundene nannte, hatte meinen Freund aus denselben Gründen geliebt, derentwegen sie ihn später verlassen hatte, auf die Gefahr hin, ihn dadurch umzubringen. Oder andersherum: Was sie an ihm verraten und umgebracht hatte, war dasselbe wie das, in was sie sich zuerst verliebt hatte. Sie hatte ihn geliebt wie jemanden, der aus einer anderen Welt oder vielmehr einer anderen Zeit kam, in der etwas existierte, von dem sie nur eine sehr vage Vorstellung hatte, eine ungeheure und mörderische Kraft, die man Geschichte nennt. Und so merkwürdig burlesk die Geschichte, die wir erlebt hatten, in unseren Augen auch geworden war, sie konnte das einfach nicht verstehen, ebenso wenig wie im selben

Zusammenhang das, was für uns Treue weiterhin unauflöslich mit Sarkasmus verband.

Sie hatte diese etwas melodramatische Fremdheit geliebt, die sie so weit von der unmittelbaren, frivolen und narzisstischen Welt entfernte, in der sie sich für gewöhnlich bewegte, stammte sie doch aus der Zeit, in der es keine Zeit mehr gab, sondern nur noch die schillernde Gegenwart, keine Ursache, keine philosophische oder moralische Parteinahme, kein Drama mehr, das schrecklicher war als der Tod einer Perserkatze. Sie war von der Seite, aus der Umgebung, die das mir unbekannte Paris offenbarte, das kommerzielle, glitzernde, moderne und modische Paris, durch das ich wie ein Fremder wandelte, wo jeder Ort sein eigenes Werbeplakat im Schaufenster eines Reisebüros zu sein schien, wo jeder Mensch sich anstrengte, dem Bild zu entsprechen, das ihm von einer Technologie des Kurzzeitigen geboten wurde, die zum Leitfaden der Epoche geworden war.

Er hingegen kam nicht nur von der Geschichte her, er kam auch von der Literatur, einer weiteren geheimnisvollen Macht, einem weiteren Zauber, deren Nimbus den der Geschichte duplizierte und die unsere Epoche nicht weniger aus ihrer Liturgie vertrieben hat als die Geschichte. Im verschwundenen Paris unserer Jugend konnte man noch dem spitzbübischen Gespenst von Guillaume Apollinaire begegnen, das mit verbeultem Hut und schief sitzender Fliege durch die Stadt irrte und es nicht übers Herz brachte, zu sterben, oder dem von André Breton, das unter den großen Aronstäben des Himmels ein Gesicht erblickte und wahnsinnige Angst hatte, es nie wiederzusehen. Und unter all den jungen und verträumten Passanten jener Jahre gehörte A. zu denen, die an diese Erscheinung, an die Literatur, so sehr geglaubt hatten, dass sie ihr das wenige widmeten, was jeder von uns besitzt, nämlich das eigene Leben. Die Verschwundene hatte diese fabelhafte Herkunft geliebt, die sie so weit von der gewohnten, prosaischen Welt forttrug, so weit weg sogar von dem, was sie letztlich war, denn ihre durchscheinende Gestalt, die eines Engels oder Sukkubus, rückte sie durchaus in die Nähe dieser Plattitüde, des drückenden Gewichts der Gegenwart. Und er wiederum war verführt worden, fasziniert nicht nur von ihrer Schönheit, sondern auch von ihrer Jugend, der sichtbaren Unbeschwertheit, die sie ihm darbot. Der arme Irre hatte gedacht, er könne damit seinen Durst stillen wie mit frischem Wasser. Er hatte sich der Illusion hingegeben, sie würde ihm zu einer neuen Taufe verhelfen. Er hatte geglaubt, mit ihr zu neuen Kräften zu kommen, wiedergeboren zu werden, und dann hatte er sich wie viele idealistische Männer vorgestellt, er könne sie allmählich auf seine Seite ziehen, sie gewissermaßen bilden, ihr das beibringen, wovon sie im Grunde so wenig wusste. Er meinte das Leben, aber eines, das – ein anderes konnte er sich nämlich nicht vorstellen – unter der doppelten Aszendenz jener stürmischen Mächte, Geschichte und Literatur, stand.

Wenn zwei Leben, die bisher zusammenliefen, auf einmal auseinandergerissen werden, gibt es nie eine Seite, die frei von Schuld ist. Sie, bei der man doch von Arglosigkeit ausgehen konnte, war vielleicht ungewollt machiavellistisch gewesen, und er, von dem man erwartet hätte, seine Lebenserfahrung hätte ihn klug gemacht, überraschend naiv. Denn nachdem sie sich zuerst den Mysterien geöffnet hatte, die sie bezauberten, und sich an der romantischen Tiefe berauscht hatte, die jene Mysterien ihrem Leben für einen Moment gaben, erkannte sie sehr früh und sicher von Anfang an in ihnen die Kräfte und bösen Zauber, die ihm entgingen – zumal sie es nicht mochte, verzaubert zu werden, höchstens vorübergehend –, die jedoch ihre Bequemlichkeit bedrohten, und diese hielt sie, wie man ihr beigebracht hatte, für das höchste Gut. Und er, der sich eingebildet hatte, den schweren Lasten dieser Welt wenn nicht zu entkommen, diese in ihrer unschuldigen und zärtlichen Gesellschaft, die ihm ein wenig von der Bürde nehmen würde, doch zumindest ein wenig zu mildern, sie sogar zu begreifen und mit mehr Weisheit zu ertragen, fand sich in einer Einsamkeit wieder, die trostloser war als alles, was er bis dahin gekannt hatte. In der zuversichtlichen Liebe zu einem unverbrauchten Körper und Geist hatte er mit viel Überheblichkeit und vielleicht auch ein wenig Feigheit all die alten Niederlagen vergessen wollen, die nun noch stärker, noch öfter, auf ewig verkörpert von diesem reinen, vernichtenden Gesicht, in ihm hochkamen und ihn überwältigten. Möglicherweise hätte sie ihn weiter geliebt, aber wie einen Gegenstand, der zwar kein lebloses Ding war, aber doch ein anderes, niedrigeres Dasein fristete, als Erinnerung an einen Toten, ein Bild, ein Buch oder ein Musikstück. Möglicherweise hätte sie seine Augen geliebt, aber nicht wie ein unruhiges, lebendiges Feuer, eher wie Schmetterlingsflügel, die mit einer Nadel auf eine Korktafel gepinnt waren, schön und schillernd, und die unter einer achtlosen Hand zu Staub zerfallen. Sie waren mit ihrem unterschiedlichen Alter wie die beiden Ränder einer Wunde, die, statt zu vernarben, um eine vereinte Hautfläche zu bilden, weiter aufgeplatzt war.

II

Ich weiß nicht, ob ich dieses Abgleiten der Gefühle, diese Geröllhalde des Schicksals verständlich machen kann, die mir damals klar vor Augen stand. Jetzt, da ich die Breitengrade wieder hinabgestiegen bin bis an die siedend heiße Küste, wo ich in weiter Ferne von jedem realen oder imaginären Paris meine Tage beenden werde, scheinen mir die Dinge weniger sicher: Noch einmal verschwimmt A.s letzter Brief, die rekonstruierten Buchstaben fließen ineinander, bis sie fast verschwinden. Habe ich das alles geträumt? An manchen Abenden, wenn ich mit meiner Petroleumlampe allein bin, wenn in der Dunkelheit das Stöhnen der Gefolterten in Baracke B aufsteigt und ich zu viel gepanschten Schnaps getrunken habe, denke ich bisweilen, dass ich A. bin, dass wir nicht zwei verschiedene Personen, sondern zwei Zustände, zwei Lebensabschnitte ein und desselben Menschen sind, und dass Port Sudan nur eine Version, eine höllische Deklination von Paris ist. Mit der Zeit habe ich mir ein Bild von der vermissten Frau gemacht, das nicht weniger genau und körperlich ist als die Erinnerung an eine Frau, die man wirklich einmal kannte. Ich kann mir vorstellen, dass ich vor langer Zeit ihrem unmenschlichen Blick begegnet bin, dass wir in einem Restaurant im Quartier Latin zu Abend gegessen haben, dass sie mit zu mir nach Hause gekommen ist, dass ich zunächst nächtelang nur ihren Hals geküsst habe, um sie nicht zu verscheuchen, ganz sanft, ganz vorsichtig, ganz lange, dort, wo die Haut so zart und duftend ist, zwischen Ohr und Schlüsselbein. Ich kann mir vorstellen, dass ich in der Dämmerung, im rosa gefärbten Dunst der Gischt, Hand in Hand mit ihr über nasse Strände spazieren gegangen bin, dass wir uns an vielen Orten geliebt haben, auch in einem Zimmer, in dem das Lichtspiel an den Wänden die Dünung spiegelte. Ich kann mir vorstellen, dass sie mir ohne Zögern, ohne dass ihre schwache Hand zitterte, den Dolch in den Nacken gestoßen hat. All diese Dinge sind nun mein, im Guten wie im Schlechten, ob ich sie nun erlebt oder mit der Treue, die man einem Freund schuldet, rekonstruiert habe.

Lassen wir es dabei.

Als Hurriya mir von den kalten Vormittagen erzählte, an denen er die Vögel fütterte, erwähnte sie einen alten Einzelgänger, von dem A. ihr beiläufig erzählt hatte, einen jener verrückten Vogelfreunde, wie man sie in Parkanlagen antrifft, wo sie, mit Kot übersät und von einem Ballett flatternder Federn umgeben, auf geröteten Fingern ein paar Samen oder Krümel in die Höhe halten. Eines Tages, als ein eisiger Nordwind die Wolken aus dem kobaltblauen Himmel fegte, ging ich zufällig im Jardin du Luxembourg spazieren. Vor der großen, blauen Wand sahen die kahlen Bäume aus wie bloßgelegte, verbrannte, ja verkohlte Nervenstränge. An den Enden der jungen Kastanientriebe sah man jedoch schon die kleinen, glänzenden, karminroten Knospen anschwellen. Und wenn man sie öffnete, entdeckte man darin im Keim ein unglaublich kleines, zusammengepresstes, klebriges Blatt, das von einer unsicheren, aber unabwendbaren und gewissen Zukunft zeugte, einer nicht-menschlichen Zukunft. Die Schatten waren lang und blass, überall im kurzen Gras funkelte es von der tief stehenden Sonne, in den Fensterscheiben rund um den Park blitzten grelle Lichter auf. In der Mitte des zugefrorenen Teichs bildete der Wasserstrahl einen kristallenen Federbusch.

Es gab kaum jemanden, der sich dem kalten Nordwind entgegenstellte, die Wege waren menschenleer, schon von Weitem sah ich den Vogelnarr mit dem Rücken an der Balustrade vor der Statue Laure de Noves' lehnen. Schwarzer Hut, brauner Schal, Lammfelljacke, Cordsamthose und große, ausgelatschte Schuhe; ausgemergelte Gesichtszüge, funkelnde Augen, Vogelkacke im Bart. Als ich ihn ansprach, war er gerade dabei, seine Wegzehrung auszupacken, oder vielmehr das Vogelfutter, Croûtons und Schmalz. Ich erkannte bald, dass dieser Mann andere Menschen, die seine Mitmenschen zu nennen eine Übertreibung wäre, nicht nur nach ihrer Affinität zu Vögeln beurteilte, sondern auch nach der Ähnlichkeit, die sie in seinen Augen mit ihnen hatten (er selbst sah aus wie ein gerupfter alter Habicht). Er muss mich gedanklich mit irgendeiner geflügelten Spezies in Verbindung gebracht haben, denn es fiel ihm nicht schwer, mit mir zu sprechen, während etliche der gefräßigen kleinen Fächer um uns herumflatterten. Ich denke, die Tatsache, dass ich mich nicht wegen des weißlichen Durchfalls einiger seiner Begleiter aufregte, nahm ihn schließlich für mich ein.

Den Vogelfreund interessierten die Wechselfälle des Lebens nur, sofern sie sich in die zugleich umfassenderen und kleinteiligeren Abläufe der Natur fügten. Außer bei starkem Regen saß er jeden Tag auf seinem Posten und beobachtete mit außerordentlicher Genauigkeit, wie sich die Blätter, das Licht, die Wolken bewegten und veränderten und welche Auswirkungen all diese Veränderungen letztlich auf das Aussehen und die Stimmung seiner Schützlinge hatten. Menschen kreuzten nur zufällig sein Blickfeld und brachten meist überflüssige Unruhe hinein, was man in der Wissenschaft als Rauschen bezeichnet. Er verzeichnete sie in seinen Annalen nur nach ihrem ornithologischen Interesse. Einer hatte die Spatzen verjagt, ein anderer hatte Augen wie ein Kleiber, usw. Was die Vögel betrifft, sollte man im Übrigen wissen, dass er sehr streng unterschied zwischen Läufern, die er verabscheute, und Hüpfern, die er schätzte. Die Läufer waren diejenigen, die sich am Boden nach Menschenart fortbewegten, indem sie schwerfällig einen Fuß vor den anderen setzten: vor allem Tauben, Krähen und Elstern. Sie waren nur kleine, missratene Dinosauriergattungen, unbeholfen, stumpfsinnig und – das war nicht von der Hand zu weisen – flugfähig, aber dennoch eine Art Fehler oder Sarkasmus der Schöpfung. An der Futterstelle verscheuchte er diese ungeladenen Gäste gnadenlos. Eine Ausnahme in dieser schändlichen Kategorie machte er allerdings für Wasservögel, Enten und Lachmöwen, die zwar genauso lächerlich watschelten, wenn sie den Rasen niedertraten, aber ihre Eleganz und sogar die Raffinesse eines Spiegelbilds zurückgewannen, sobald sie auf dem Wasser waren. Die wirklichen Vögel waren jedoch diejenigen, die ruckartig und gleichzeitig mit beiden Füßen herumhopsten, und das ständig, als bekämen sie elektrische Schläge in die Beine: Spatzen, Meisen, Rotkehlchen, Finken, Grünfinken, Heckenbraunellen, ganz zu schweigen von Weidenlaubsängern und Zaunammern, deren Vorkommen zu seiner Empörung in maßgeblichen Werken nur für den Bois de Vincennes ausgewiesen wurde, wo er sie doch, wenn der Frühling kam, des Öfteren in unmittelbarer Nähe der Statue von Laure de Noves gesehen und gefüttert hatte.

An A. und seine verschwundene Geliebte erinnerte er sich nur, weil Letztere so zerbrechlich und anmutig, so offenkundig schüchtern, so schwarz und weiß war, dass sie ihn an eine Nonnenmeise erinnerte – nicht zu verwechseln mit der Kohlmeise, die sehr viel gewöhnlicher und dreister ist. Was meinen Freund anbelangt, so blieb er lange Zeit nur ein Typ, der mit einer Meise zusammen war, aber ihre Abwesenheit hatte ihn bald in einen kranken Stelzvogel verwandelt – sagen wir, in einen ölverschmierten Reiher. Da er Anekdoten aus dem menschlichen Leben unentwirrbar mit größeren und irgendwie phlegmatischeren Gegebenheiten des Parklebens vermischte, mit der Nachahmung von Klängen, dem Pfeifen, Zwitschern, Trillern, Schnattern, Klopfen zu Ehren seiner bevorzugten Gesprächspartner, war es recht schwierig, seinen Worten zu folgen. Er erinnerte sich an ein Treffen, dessen Zeuge er an einem Frühlingstag gewesen war – erst war ein starker Regenschauer niedergegangen, ein Geruch von nasser Erde und Gras lag in der Luft, Sonnenstrahlen hoben wie funkelnde Hebel die Wolken an, die so schwer und dunkel waren wie Grabsteine, das Zink der Dächer glänzte, und neben den Türmen von Saint-Sulpice stieg ein Stück Regenbogen auf. A. hatte dort auf sie gewartet, versteckt hinter einer Holzhütte, einer Art Isba mit spitzem Dach und ausgezackter Traufe am Ende des Weges, der als Strecke für die Tretautos dient. Er sah sie schon von Weitem kommen, amüsierte sich über die Blicke, die sie um sich warf, über die Enttäuschung, die ihre Augenbrauen leicht anhob, weil sie ihn nicht entdeckte, und die das glatte Elfenbein ihres Gesichts verdunkelte. Er amüsierte sich darüber und genoss es, weil dieser Unmut die Wiedersehensfreude noch steigern würde. Zweifellos hatten sie sich eine Zeit lang nicht mehr gesehen. Sie fröstelte und trug einen großen, hochgeschlossenen Anorak, dazu Jeans, Stiefel, schwarze Handschuhe: alles war schwarz, nur das Licht ihrer Augen, ihre Zähne, ihre blassen Lippen und eine Kette mit kleinen Perlen nicht, die man um ihren Hals erahnen konnte. Im letzten Augenblick gab er sich zu erkennen und war mit einem Sprung bei ihr, sodass sie vor Schreck mit den Füßen aufstampfte. Dann hatten sie sich lange eng und leidenschaftlich geküsst wie zwei, die nur der Tod je trennen könnte.

Ich halte mich bei der Niederschrift an die Worte des Vogelfreunds. Und ich bin sicher, dass sie in diesem Fall dem entsprechen, was A. dachte, und vielleicht sogar dem, woran sie zu denken glaubte. Es ist seltsam, wie sehr sich die Menschen über den Ernst ihres Lebens täuschen. In dem Augenblick, als sie sich unter den weißen und rosafarbenen Kandelabern der blühenden Kastanienbäume aneinanderschmiegten, hatte sie ihn im Herzen schon hintergangen, da sie ihn eines Tages verraten würde, und es würde nicht der tödliche Dolchstich sein, der sie trennen würde, sondern die Plattheit des bürgerlichen Lebens. Von dem Moment an, als sie sich liebten, lag in all der Kraft, im ganzen Übermaß ihrer Liebe der Keim dieses vulgären Verrats, der diese Liebe herabwürdigte, sie insgeheim verleugnete, denn so kam es schließlich, und alle, die nicht verstehen, was ich sage, und ich weiß, dass es viele sein werden, mögen mir verzeihen, vielleicht liegt es an meiner übertriebenen Vorstellung von Leidenschaft.

An jenem Tag unter den austreibenden Bäumen, die vom Regen trieften, unter den Blatttrieben, die fast schwarz aussahen, so sehr standen sie im Saft, und die der Sturm mit glänzenden Perlen übersät hatte, an jenem und allen anderen Tagen war das, was er mit dem leichten Körper seiner Geliebten wie ein Vernarrter zu umarmen glaubte, die Verheißung eines neuen, wieder emporsprudelnden Lebens, neu und stark genug, um den aufkeimenden Tod in ihm aufzuhalten, als sie bereits das Werkzeug des Todes war, lange bevor dieser ihn tatsächlich holen und ihn langsam, unaufhaltsam während einer Saison forttragen würde, wie Dürre und dann Fäulnis über dieselben Adern in die Blätter eindringen, die ihrer Entfaltung gedient haben.

12

Der Vogelfreund hatte A.s Abstieg in die Hölle miterlebt, aber aus der Ferne, mit zerstreuter Anteilnahme. Es war für ihn ein Ereignis, das seinen winzigen Platz im großen, weitaus bedeutsameren Drama des schwindenden Lichts einnahm. Dieser Spaziergänger, den ein schwelender Scheiterhaufen im Innern mit jedem Tag mehr zu Asche werden ließ, war nur eine Randfigur in der gewaltigen klimatischen Veränderung: Er unterschied sich nicht von allen anderen und stand, wie es der Vers unseres geschätzten Apollinaire ausdrückt, »unter dem Wappenzeichen des Herbstes«. Eines Tages sah er die Meisenfrau nicht mehr an seiner Seite. Es war ungefähr zu der Zeit, als die dunkelbraun glänzenden Kastanien unter die Füße rollten, die aus den offenen, fleischigen, mit einer seidigen, weißen Haut ausgekleideten Fruchtschalen gefallen waren. Eine dünne, feuerrote Borte hatte begonnen, die Kastanienblätter vom Rand her zu zerfressen, deren Lappen in der Mitte noch tiefgrün und mit Kadmiumgelb umrandet waren. In den Spitzbogenkronen der Lindenbäume schimmerten blasse Goldmünzen. Auf den Wegen, wo die Kinder rannten, ihre Schreie erklangen, badeten noch Spatzen mit zerzaustem Gefieder und zitternden Flügeln im Sommerstaub. In der Abenddämmerung ballten sich schöne kupferfarbene Wolken.

Später würde sich die leuchtende Farbe des Todes über die Blattspreiten ausdehnen, die Blätter würden sich lösen und sich im Herabfallen in der nebligen Luft um sich selbst drehen wie Papierflieger, die von Schulkindern geworfen werden. Stürmische Westwinde würden Regenschleier vor sich hertreiben und das hohe Astwerk wie Masten knarren lassen. Unter dem Aufmarsch niedriger, grauer Wattewolken würden fast reglos Möwen mit ausgebreiteten Flügeln am Himmel schweben. Der ganze sturmgepeitschte Park würde einen ozeanischen Charakter bekommen. Man würde ihn allein, leicht gebeugt, die Hände in den Taschen oder hinter dem Rücken verschränkt, den Blick auf den Boden gerichtet, über die nassen Wege marschieren sehen. Wie ein Seemann, dachte ich, der an Land der Dünung nachtrauert, die ihn trägt, dann zurücklässt, dann wieder ergreift, wie ein im Rhythmus des großen Wellenschlags pulsierendes Herz, das sich mal zusammenzieht, mal weitet. Das von nun an stillsteht. O Tod, alter Kapitän.

In den darauffolgenden Tagen wirbelten die Blätter unter den dunkleren, kahleren Bäumen immer wieder plötzlich auf: tabakbraun unter den Kastanienbäumen, zitronengelb und perlmuttglänzend unter den Linden, bunter, von traubengrün bis ochsenblutrot unter den Platanen. Und weder die Kapriolcn, dic sic schlugen, noch die Kavalkaden, mit denen sie über den Boden wirbelten, noch die Geräusche, die sie dabei machten, waren dieselben, ganz im Gegenteil, erklärte der Vogelfreund. Bei den steiferen, stärker gerippten und gezackten Platanenblättern hörte man eine Art sprödes Knirschen, während die flaumweichen Lindenblätter eher wie das sinnliche Knistern von Seide klangen. Und auch ihr Geruch war verschieden: muffiger Tee, verbranntes Papier, zerstoßener Pfeffer, ein Spatz hätte sich nie geirrt. Je kahler die Bäume wurden, umso kraftloser wurde sein Gesichtsausdruck, umso mehr lösten sich seine Gesichtszüge auf, die Adern, die seinem Gesicht Struktur gaben.

Kuppeln aus Blei und Schnee reckten sich in den Himmel, rissen dann auf, und bisweilen bildeten sich darin Brunnen von unergründlichem Blau. Sonnenstrahlen schossen durch diese Löcher wie Kometen. Die Kinder trugen jetzt bunte Anoraks, Schals und Fäustlinge und hatten ihren Spaß daran, in die Haufen welker Blätter zu treten und Fontänen aus goldenen Funken hochspritzen zu lassen. Manchmal verweilte der einsame Spaziergänger einen Moment und beobachtete sie, sicher fasziniert vom Anblick dieses turbulenten Lebens, den er, davon war er nun überzeugt, nie würde bieten können; schon die Möglichkeit, dass diese Lust seinem Leben entspringen und fortdauern könnte, würde ihm für immer verwehrt sein. Und er spürte bestimmt, dass es eine Art Verdammung war, gegen die er sich nicht mehr auflehnen konnte, er war sogar versucht einzuräumen, dass etwas in ihm, irgendeine verborgene, vergessene Verfehlung, diese Verdammung auf geheimnisvolle Weise rechtfertigen musste.

Später würden die Blätter allmählich in die Erde schmelzen, eine schwarzbraune Färbung, Scharten und Risse bekommen, durchlöchert sein, sie würden jede Festigkeit und bald auch jede Form verlieren und erst zu Netzstrümpfen und dann zu faserigen Flusen werden. Sie würden sich in Pfützen sammeln und eine schieferblaue Fäulnis bilden, in deren Spiegelflächen die Bilder des Himmels vorüberziehen würden, bis der Wind das Wasser zurückgedrängt hätte und die Bilder darin verschwommen wären. Die wenigen anderen Blätter, die in den schwarzen Gabelungen der Bäume hängen geblieben waren, würden noch eine Zeit lang zuckende Gestalten abgeben, in denen man manchmal, sagte der Vogelfreund, so etwas wie die Silhouette eines Menschen erkennen könne, der in Flammen steht. An manchen Vormittagen würden auf den umgegrabenen Blumenbeeten Raureifpailletten glitzern. Nur die Chrysanthemenblüten, gelb und blasslila, verblieben entlang der Umrandungen weiter in den Beeten. Der ganze Park gliche dann einem weitläufigen Friedhof. Die tief stehende weiße Sonne würde nur selten die abgesteppte Wolkendecke durchbrechen. Doch er würde weiter mit einem schwarzen Schal um den Hals Zigaretten rauchend spazieren gehen. Ein Mann, der es gewohnt war, seine Liebste an seiner Seite zu haben, sagte der Vogelfreund, zusammengeschweißt durch das Merkmal der Gleichheit, Hand in Hand, oder durch das mehr beschützende Merkmal eines um die Taille oder die Schulter gelegten Arms, man erkennt es immer, wenn man zu beobachten weiß: Allein war sein Gang ein anderer als zu zweit, aber auch nicht wie der Gang eines an die Einsamkeit gewöhnten Menschen. Jemand fehlt, dessen unsichtbarer Körper weiterhin zu spüren ist, als stützte er sich auf eine Abwesenheit, als ginge er neben einem Phantom. Er scheint sich aufrecht zu halten, doch die Hälfte von ihm ist weggerissen, ihr Verlust wirft ihn für immer aus dem Gleichgewicht, das sehen alle, die solche subtilen Dinge wahrnehmen. Ich weiß, wovon ich spreche, fügte der Vogelfreund hinzu, ich habe nicht immer nur Vögel geliebt.

Eines Tages, als das Laub längst geharkt und verbrannt war, der erste Frost längst vorüber war, sah er A. nicht mehr, auch an keinem der folgenden Tage.

13

Das Heft, in das ich schreibe, ist nun fast voll. Ich werde mit der letzten Seite enden, Papier ist hier nicht so leicht zu bekommen, und außerdem habe ich das Gefühl, dass ich am Ende dessen angelangt bin, was ich sagen könnte. Ich habe versucht, A. gegenüber zu erfüllen, was ich ihm für mein Empfinden schuldig war: seiner toten, aber nicht bestatteten Liebe ein Grab aus Worten zu geben. Ich wollte es so machen, wie er es vermutlich gemacht hätte. Ich habe mich der schwierigen, ja unmöglichen Aufgabe einer imaginären Redlichkeit gestellt. Kann sein, dass ich mich geirrt habe. Ich glaube es allerdings nicht, zumindest nicht wirklich. Hätte er selbst die Zeit oder die Kraft gehabt zu schreiben, hätte er vielleicht weniger harsche Worte für sie gefunden als ich, denn trotz des Leids, das sie ihm zufügte, liebte er sie bis zum Schluss, das steht fest. Ich bin mir sicher, dass er sich mit aller Kraft dagegengestemmt hat, sie zu verachten. Was bei diesem inneren Kampf herauskam, weiß ich nicht. Es kann sogar sein, dass er sie weiterhin geliebt hat, während er sie zugleich verachtete.

Unbeschwerte Gemüter, die nie die extreme Gewalt der Gefühle erlebt haben, werden seine offensichtliche Schwäche vielleicht mit Strenge oder Ironie beurteilen. Das liegt daran, dass sie weder das ganze Opfer kennen, das man in der Liebe bringt, noch wissen, was an dieser Entsagung großartig ist. Es liegt immer eine Erniedrigung darin, sich demjenigen zu fügen, der Zwang zu seinem Machtinstrument macht. Im Eingeständnis, dass man in der Liebe voneinander abhängig ist, gibt es das nie, denn das Prinzip dieser Abhängigkeit ist nicht Furcht, sondern nach der Lehre, die ich bei Platon lese, das edle Streben, sich zu verewigen, dem eigenen Körper und der Seele gemäß in Schönheit zu zeugen, und selbst wenn dieses Streben mit Füßen getreten würde und sich geschlagen gäbe, gehört das, was auseinandergeht, doch auch zu unserer Art von Teilhabe an der Welt der Götter. Wehe denen, die das nicht wahrhaben wollen, und wehe ihr, wenn sie es nicht gewusst hat.

Letzten Endes habe ich niemanden von denen getroffen, die uns einst nahestanden, weil ich nicht mehr wusste, wo sie wohnten. Es war zu viel Zeit vergangen. Wenn ich niemand sage, so stimmt das nicht ganz. Mit viel Mühe traf ich kurz vor der Abreise einen von ihnen, der den altmodischen Beruf des Eisenwarenhändlers ausübte. Mit seinem fast weißen Haar wirkte er auf mich, als gehörte er zu einer älteren Generation. Vielleicht habe ich auf ihn den gleichen Eindruck gemacht. Wir waren unsere eigenen Väter geworden, würden keine Nachkommen haben. Er verkaufte Nägel, und einen Moment lang amüsierten wir uns, als wir uns daran erinnerten, wie wir sie früher unter die Räder der Polizeibusse warfen. Ich erfuhr durch ihn vom Tod einiger unserer Leute und wo A. bestattet worden war, aber ich hatte keine Lust, das Grab zu besuchen. Über seinen Tod wusste er nichts, was ich nicht schon gewusst hätte, vielleicht erzählte er mir auch aus Diskretion nicht mehr darüber, es könnte aber auch sein, dass ich nicht mehr erfahren wollte. Wir spürten, wie mir scheint, dass unsere Begegnung uns naheging, weil sie von einer alten Bruderschaft herrührte. Dann mussten wir auseinandergehen. Wir wussten, dass wir uns nicht wiedersehen würden. Die Zukunft war nicht unsere Stärke.

Ich schlug einen Weg ein, den Paul Nizan – noch ein Name, der in unserer Jugend etwas bedeutet hatte – zu Recht den »tiefen Höllenkanal« nannte. Ich hatte in Paris nichts mehr zu schaffen, es gab dort keinen Ort, der zu mir gehörte. Also kehrte ich nach Port Sudan zurück. Ich werde hier sterben, das steht fest: zwischen Schuppen, die aufgeheizt sind wie Öfen und nach Baumwolle und Gummiarabikum stinken, zwischen Baracken aus Hohlblocksteinen und Holzverschlägen, zwischen Dreckhaufen, über denen Geier kreisen. In einer staubigen Straße, auf der Mörder mit glasigen Augen unterwegs sind, oder auf diesem Meer aus Branntkalk und Knochen, das die

Sonne erzittern lässt. In der Nähe der südlichen Stadtgrenze befindet sich am Ufer ein Schlachthaus, in das man täglich Herden abgezehrter Schafe und Ziegen treibt, die mit Altpapier und Lumpen gefüttert wurden. Schon von Weitem riecht man den Gestank von Urin und Wollschweiß, hört man das jämmerliche Klagen, das Klirren der Messer und Hackbeile. Die Exkremente fließen durch zwei große Rohre ins Meer. Breiten sich aus wie die schlammige Strömung einer Flussmündung, Schwaden von Blut färben das Wasser rot, bis zum Riff. Darin treiben die Überreste des Massakers, abgetrennte Köpfe, Eingeweide, abgezogene Häute. Mitten in diesem Blutbad aus klaffenden Mäulern und aufgeschlitzten Kehlen tummeln sich Haie mit reglosen gelben Schlangenaugen. Vielleicht werde ich eines Tages dort schwimmen gehen und auf dem Ball ihrer Kiefer tanzen.

Die Frau vom Volk der Danakil ist verschwunden. Ich glaube, Nimours Männer haben sie mitgenommen. Was aus ihr geworden ist, weiß ich nicht, obwohl ich es mir vorstellen kann. Ich kann ihr nicht helfen. Ich kann mir nicht helfen. Ich werde nicht mehr zu unseren Wracks gehen. Am Ende der Sandpiste, an der mein Haus steht, befindet sich unter den Flammenbäumen ein Komplex aus alten, ockerbraunen britischen Zollgebäuden mit Wellblechdächern. In einer dieser Baracken, die von Stacheldraht eingezäunt sind, werden nach Belieben immer mal wieder Leute gefoltert, ohne echte Überzeugung, sondern eher aus Gewohnheit. Es genügt, schwarz zu sein, um der Unterstützung der Rebellen des Südens verdächtigt zu werden. Die Folterknechte haben also lediglich die Qual der Wahl: So ist es ein Leichtes, dass ihre Arbeit nicht viel Aufmerksamkeit erregt. Sie haben keinerlei Hemmungen, die Leichen ihrer Opfer am helllichten Tag mit einem Seil um die Füße zu den alten sowjetischen GAZ-Lastwagen zu schleifen, um sie dann wer-weiß-wohin zu verfrachten. Es heißt, sie würden an die Haie verfüttert. In einem anderen Schuppen lebt Nimour mit seinen Frauen. In einem weiteren seine Leibwächter. Im Morgengrauen, bevor die Rufe des Muezzins aus den Lautsprechern ertönen, wecken sie mich mit langen Salven aus ihren Maschinenpistolen, die sie in den graugrünen Himmel feuern. Anscheinend ist das ihre Art, Gott zu begrüßen. Sie sind meine Nachbarn.

Nach zwanzig Jahren in Afrika bin ich daran gewöhnt, Magie als etwas Gewöhnliches zu betrachten. Vielleicht hilft dabei auch der Alkohol. Nachts, wenn das Stöhnen der Gefolterten aus Baracke B aufsteigt und ich hypnotisiert auf den brummenden Stern meiner Petroleumlampe starre, verfalle ich auf den Gedanken, dass ich meinem Freund nur deshalb die Worte in den Mund gelegt habe, die er ursprünglich an mich richten wollte, weil ich in gewisser Weise seine Seele gefressen habe, wie man hier sagt, und er in mir weiterlebt, an diesem Ufer, wo Leben und Tod schnell gewechseltes

Kleingeld sind und das so sehr der Hölle gleicht. Oder ist er vielleicht gar nicht tot, wie ich in Port Sudan nicht wirklich lebendig bin, in dieser Stadt, die ein unheimliches Possenspiel zu sein scheint, obwohl Seehandbücher ihre geografischen Koordinaten angeben: 19° 36' Nord / 37° 14' Ost, und wären wir dann beide Brüder in der Vorhölle? Letztlich habe ich nur Randfiguren aus seinem Leben getroffen und gehört, aber niemanden, der sein wächsernes Gesicht gesehen hätte, als er mit hochgebundenem Kinn auf der gepolsterten Sargunterlage ruhte. Was ich also in diesem Heft mit zittriger Hand zu Ende schreibe, könnte folglich der letzte Brief an die Verschwundene sein, auf den nach so langem Schweigen niemand eine Antwort erwartet, der nicht einmal mehr gelesen werden will. Ihre Augen sind im Übrigen nicht mehr die, die wir zu kennen glaubten und so sehr geliebt hatten, mag sich in ihnen spiegeln, was will, und auch ihr Verstand und ihr Herz, woran auch immer sie hängen mögen, sind nicht mehr die, in denen Frieden zu finden wir geträumt hatten. Schweiß tropft von meiner Stirn und übersät das schlechte Papier mit glasigen Flecken, in denen sich die Tinte fein verzweigt wie ein behutsam freigelegter Nerv, so wie man eine empfindliche Pflanze vorsichtig mitsamt den Wurzeln aus der Erde hebt und Körnchen für Körnchen aus jeder kleinen Wurzelfaser schüttelt. Von unserer Hoffnung, durch das Schöne, das wir schaffen wollten, in die Welt der Götter zu gelangen, wird nur dieses dürftige Zeugnis bleiben. Aber wenigstens werden wir es abgelegt haben.

Ich erinnere mich an glückliche Tage – sie liegen weit zurück wie das kalte und neblige Paris, wie die Geschichte, wie die Zeit, in der wir uns trotz allem stark fühlten, wie die Hoffnung und die Liebe – und an die Illusion, dass alles möglich sei. Ich erinnere mich an A.: Er war mein anderes Ich. Der Freund mit den zarten Händen, von dem jeder Morgen uns trennt, lebe wohl, auf deinem Weg kräht kein Hahn mehr nach dir. Ich erinnere mich, dass wir so lange auf der Brücke Komm-zurück gestanden haben, dass wir die Ufer, das Wasser oder den Himmel nicht mehr erkennen konnten, noch wer von uns wer war oder wohin der Fluss floss und ob wir noch am Leben oder schon woanders waren, alte Nachtwächter im Nirgendwo, unverbesserliche Träumer. Wir wussten nie so recht, in welcher Welt wir lebten, und das war offensichtlich unser Fehler. Ich erinnere mich, dass wir, ich wie er, mit jeder Faser unseres Lebens gewartet hatten. Ich erinnere mich an winzige Dinge (die anderen verraten wir nicht), an Spaziergänge in der Abenddämmerung am Strand, an Muscheln, die unter unseren Schritten knackten, an ein großes Herz, das sie einmal in den Sand gezeichnet hatte, an das Lichtspiel der Wellen an einer Zimmerwand, an eine Schramme, die sie sich an einem Felsen zugezogen hatte, an das Rattern der Züge während der blassblauen Abende, als wir auf sie warteten, an ihr Gesicht in meiner Hand, wenn ich fuhr. Ich erinnere mich, dass sie in der Dunkelheit gern sehr heiße, lange Bäder nahm, reglos, schweigend, und dass sie vor Schreck zusammenzuckte, wenn ich plötzlich die Tür öffnete, ich erinnere mich an den Himmel, der blaue Wirbel über die wollenen Weizenfelder fegte, an die weißen Rosenblätter, die vom stürmischen Regen im Garten Rost angesetzt hatten, während ein Auktionator mit lauter Stimme das Inventar des Hauses zusammenstellte, in dem ein Freund gestorben war, an einen Fluss in einem kriegsgebeutelten Land, hinter dem auf einem Hügel ein Krankenhaus lag, und an den kalten Körper eines anderen Freundes in der mit Eternitplatten gedeckten Leichenhalle des Krankenhauses, vor dem Krankenwagen und Taxis Typen in blutverschmierten Kampfanzügen absetzten. Es war eine unbarmherzige Zeit, die vorüberging, und ich erinnere mich an die Ruhe, den Frieden, den wir nach so vielen Trauerfällen bei ihr suchten, die wir damals bei ihr zu finden glaubten, in der Beuge ihrer schmalen Arme, in ihren klaren, ernsten Augen, die noch nie eine Leiche gesehen hatten. Ich werde nie den Schatten sehen, der sich über ihre Augen legen wird, wenn sie schließlich die Erfahrung von echtem Schmerz macht, oder im Gegenteil das fiebrige Glühen, in dem sie dann leuchten werden. Ich weiß nicht einmal, ob sie von meinem Ende erfahren wird, und ob es sie schmerzen wird.

Ich erinnere mich an die Zeit, als sie fand, ich hätte Tigeraugen. *Burning bright in the forests of the night.* Ich erinnere mich an ein Picknick, das wir am Ufer eines Kanals bei einer Schleuse machten, und daran, wie fröhlich wir beide an diesem Tag waren, und an ein friedliches Abendessen an einem See, der in der endlosen Julidämmerung wie altes Silber strahlte. Ich erinnere mich an unseren Schmerz, als wir sie trotz unserer Liebe so unerklärlich, so hoffnungslos traurig erlebten. Ich weiß noch, wie sehr sie sich vor allem fürchtete, sogar vor uns. Ich erinnere mich an ihren zierlichen Körper, an das, was bleiben wird von den armseligen Geheimnissen zwischen ihr und uns, wenn sie sie nicht bereits verkauft hat, so wie sie mich verkauft hat, und das ist durchaus möglich, ich erinnere mich an den schwarz-weiß karierten Rock, der im Abendlicht wippte. Ich weiß, dass ich sie geliebt habe wie sonst niemanden, vertrauensseliger, naiver, als ich es je war, wo ich doch sonst an allem zweifelte, was ich sicher nicht hätte tun sollen, und dass ich sie mit all meinen Schwächen liebte, was mich zwar zum Mann, aber nicht zu einem Märchenprinzen machte. Ich glaube, dass niemand sie so lieben wird, wie wir es taten. Ich weiß, dass sie keine Ahnung hat, was »wir« bedeutet, wie man »ich« und »wir« zugleich und, mehr noch, sogar eins sein kann, da man doch auch der andere ist, und dass ein großer Teil unserer Geschichte und wahrscheinlich ihr Ende daher rührt: aus dieser Unwissenheit. Ich weiß, sie würde nicht verstehen, was ich sage, selbst wenn der Tod das ganze Gewicht meines Körpers in diese Worte legte. Ich glaube nicht, dass sie für mich eine sanfte Pietà wäre, sein wird. Zu modern im Gegensatz zu dem, was ich geglaubt hatte.

Ich erinnere mich an A. und lese immer wieder, was Conrad über Lord Jim schrieb, eines der Bücher, die mich seit Jahren begleiten, es hat Eselsohren, ist vergilbt und voller Anmerkungen, die mir mehr als einmal, wie ich zugeben muss, die Trunkenheit eingegeben hat; der Einband ist gebrochen, die Seiten sind mit zerquetschten Schnaken und Kakerlakenkot besudelt, dazu mit Alkohol, Schweiß und, ich fürchte, auch mit Tränen befleckt, doch es ist eine meiner letzten Verbindungen zu der Welt, in der es, sicher nur noch für kurze Zeit, Bücher gibt: das heißt Schmerz in Buchstaben auf Papier und nicht, wie hier, direkt in Fleisch und Blut eingebläut: »Sogar Stein konnte nicht mehr sagen, als dass er romantisch sei. Ich wusste nur, dass er einer von uns war. Und welches Recht hatte er eigentlich, romantisch zu sein? Ich erzähle Ihnen so viel von meinen eigenen instinktiven Empfindungen und wirren Reflexionen, weil über ihn selbst so wenig zu berichten bleibt. Er existierte für mich, und schließlich existiert er auch nur durch mich für Sie.« Dieses Buch, *Lord Jim*, wird vielleicht mit dem *Gastmahl* und einigen anderen Nimours Hütte schmücken, wenn er mich endlich drangekriegt haben wird: inmitten eines Regals zwischen Schädeln, Dolchen, Säbeln und Patronengürteln. Selbst in diesen Gefilden gefallen sich die Bluthunde darin, gebildet zu erscheinen. Was wäre das für ein Spaß.

Nur durch mich existieren die letzten Tage von A. für Sie: einer von uns, ein Romantiker. Wir haben noch nicht einmal ein winziges Königreich in Borneo auf den Weg gebracht. Oder baut, wer ein Buch schreibt, eine Festung an einem wilden Fluss? Mag sein. Aber was gilt es nunmehr zu beschützen, was zu bewahren? Na los …

Ich gehe raus in die Nacht. An den Wellenbrechern zeichnet sich ein phosphoreszierender Saum ab. Ebenso funkeln in der Dunkelheit die lippenlosen Zähne von Leprakopf, der vor meinem Haus unter einen Baum scheißt. Der Revolver hängt über seiner nackten Pobacke. Am Ufer erkennt man vage Silhouetten, die sich um die Glut eines Feuers aus Abfällen scharen. *Burning bright in the forests of the night.* Die Lichtstrahlen des Leuchtturms gleiten über das reglose, pechschwarze Meer. Ich weiß nicht, durch welches Wunder sich dieses Ding noch dreht. Fledermäuse fliegen herum und rascheln wie Seide. Eine warme Brise, die aufzieht, trägt mir das dumpfe Echo eines fernen Brüllens zu. Es ist schwer zu sagen, zu welchem Register es gehört: Schmerz, Freude, Wut, Überschwang? Unsere Gesichter werden von der Dunkelheit gefressen. Die Sterne der Tropen scheinen ganz nah, die kosmischen Nebel neigen ihre großen Blüten zu uns herab, es gibt Maiglöckchen, Fliederbüschel, Duftgeißblatt. Und die hellen Körper der Liebenden. All das, die Zähne eines Mörders, die Glut des Mülls, der Pinselstrich des Leuchtturms, die See, die das Riff beleuchtet, die Feuerinseln, die in der Unermesslichkeit treiben, ist nur eine Frage von Proportionen. Absurderweise schwirren mir alte Lieder aus der Kindheit im Kopf herum. Wir werden nicht mehr in den Wald gehen, der Lorbeer ist geschnitten. Und dann noch dies: So lange liebe ich dich schon, nie werd' ich dich vergessen. Ich erinnere mich nicht mehr an das, was vorausgegangen ist, noch an das, was kommt. Ich werde mich nie wieder an etwas erinnern.

ANMERKUNGEN

Seite 39 *»Wer einen Dorn im Auge hat, den interessiert die Zukunft der englischen Dampfflotte nicht mehr«* – Zitat aus dem Prosagedicht »Schicksal« (»Destinée«) von Henri Michaux aus der Sammlung »Ein gewisser Plume«, übers. v. Dieter Hornig, in: Henri Michaux, *Exorzismen und andere Texte*, hrsg. v. Dieter Hornig, Graz 2008, S. 71.

Seite 76 *»die Traurigkeit Olympios«* – »Tristesse d'Olympio« ist der Titel eines Gedichts von Victor Hugo aus der Sammlung *Les Rayons et les Ombres* von 1840; Olympio wurde später zu einem beliebten Beinamen für Hugo, André Maurois hat beispielsweise seine Victor-Hugo-Biografie so betitelt (*Olympio ou la Vie de Victor Hugo*, Paris 1954).

Seite 104 *»unter dem Wappenzeichen des Herbstes«* – im Original: »soumis au chef du signe de l'automne«, Vers aus dem Gedicht »Signe« von Guillaume Apollinaire, der hier zwei Wendungen verquickt, »le chef du signe», ein Ausdruck aus der Heraldik, der Wappenzeichen bedeutet (»le signe noble dans un blason«), und »signe de l'automne«, womit ein Sternzeichen des Herbstes gemeint ist.

Seite 111 *den »tiefen Höllenkanal«* – Zitat aus »Aden« von Paul Nizan, in: *Aden / Wachhunde, zwei Pamphlete*, übers. v. Traugott König, Reinbek 1969, S. 39.

Seite 115 *»auf der Brücke Komm-zurück«* – Zitat aus einem Vers von Guillaume Apollinaires Gedicht »La Chanson du mal-aimé« in den *Alcools* (verschiedene deutsche Übersetzungen, z.B.: »und auf der Brücke Kehr zurück« von Fritz Usinger und »auf der Brücke Wiederkehr« von Lothar Klünner).

Seite 117 *»Burning bright in the forests of the night«* – Verse aus dem Gedicht »The Tyger« von William Blake (»Tyger, Tyger, burning bright / In the forests of the night«); »Tiger! Tiger! Brand, entfacht / In den Wäldern tiefer Nacht«), in: William Blake, *Zwischen Feuer und Feuer*, übers. v. von Thomas Eichhorn, München 1996, S. 94/95.

Seite 118 *»Sogar Stein konnte nicht mehr sagen …«* – Zitat aus Joseph Conrad, *Lord Jim*, übers. v. Fritz Lorch, Frankfurt/Main 1962, S. 251.

Seite 120 *»So lange liebe ich dich schon, nie werd' ich dich vergessen«* – Im Original: »Il y a longtemps que je t'aime / Jamais je ne t'oublierai«, Refrain aus dem französischen Volkslied »*A la claire Fontaine*« (»An der klaren Quelle«).

Der Meteorologe

Aus dem Französischen von Holger Fock und Sabine Müller
Roman, 240 Seiten, ISBN 978-3-95438-049-7

Alexei Wangenheims Fachgebiet waren die Wolken. Überall in der UdSSR war man auf seine Vorhersagen angewiesen, damit Flugzeuge sicher landeten, Schiffe ihren Weg durchs Polarmeer fanden und die Kolchosen rechtzeitig die Ernte einfahren konnten. Bei der einsetzenden Eroberung des Weltraums erforschten seine Messinstrumente die Stratosphäre, er träumte von der Nutzung von Wind- und Sonnenenergie und glaubte an die Zukunft des Sozialismus – auch noch, als er aus unerfindlichen Gründen als »Saboteur« verhaftet wurde und sein Leben fortan dem Tod geweiht war.

Während der Jahre im Arbeitslager schickte er seiner kleinen Tochter Eleonora regelmäßig Briefe mit Bilderrätseln, dazu Zeichnungen von Pflanzen und Tieren. Es war der Fund dieser bewegenden Korrespondenz, der Olivier Rolin dazu gebracht hat, den Spuren von Alexei Wangenheim zu folgen, dem Gründer und ersten Leiter des sowjetischen Wetterdienstes. Denn seine Geschichte ist auch die einer Revolution, während der sich der Traum von einer gerechteren Welt in einen schrecklichen Albtraum verwandelte.

»Olivier Rolin beweist mit seinem Roman, dass er einer der eindringlichsten Erzähler von Geschichte in der französischen Gegenwartsliteratur ist.« DEUTSCHLANDFUNK

Baikal-Amur

Aus dem Französischen von Holger Fock und Sabine Müller
Reisebericht, 192 Seiten, ISBN 978-3-95438-093-0

Sie ist das bedeutendste Eisenbahnbauwerk des 20. Jahrhunderts: 4.287 Kilometer Schienenweg, 2.230 Brücken, 212 Bahnstationen, 3 Zeitzonen … Die Baikal-Amur-Magistrale verläuft nördlich der Transsibirischen Eisenbahn zwischen Taischet und dem Pazifischen Ozean. Geplant zur Erschließung Sibiriens, wurde sie in den 1930er-Jahren zu einem Monument des stalinistischen Terrors, für das Hunderttausende von Zwangsarbeitern ihr Leben ließen. Während des Zweiten Weltkriegs wurden Streckenteile rückgebaut, da Schienen und Schwellen für andere Eisenbahnlinien gebraucht wurden, um die Versorgung der Roten Armee zu gewährleisten. Später dann wurde die Fertigstellung der Eisenbahnlinie von der sowjetischen Propaganda als nationales Pionierprojekt verklärt, für das jeder Bürger, jeder Betrieb seinen Beitrag zu leisten hatte …

Olivier Rolin unternimmt auf der Baikal-Amur-Magistrale eine Reise ins Herz von Russland. Eindringlich, mit großer Anteilnahme, aber auch mit feiner Ironie erzählt er von der überwältigenden Natur in diesem Teil der Erde, von halb verlassenen Städten und von Menschen, die von der Geschichte vergessen wurden.

»Das Sibirien, das Rolin durchreist, ist ein von allen vergessener Kontinent, dessen unglaubliche geografische Größe selten so erfahrbar wurde wie auf diesen Seiten.« SÜDDEUTSCHE ZEITUNG